Mom

Mom

초판 1쇄 인쇄_ 2010년 12월 15일
초판 3쇄 발행_ 2011년 2월 10일

지은이_ 김요한

펴낸곳_ 바이북스
펴낸이_ 윤옥초

책임편집_ 이성현
편집팀_ 김주범, 도은숙, 김민경, 이현실
책임디자인_ 방유선
디자인팀_ 윤혜림, 이민영, 남수정, 윤지은

ISBN_ 978-89-92467-48-3 03810

등록_ 2005. 07. 12 | 제 313-2005-000148호

서울시 마포구 서교동 395-166 서교빌딩 703호
편집 02)333-0812 | 마케팅 02)333-9077 | 팩스 02)333-9960
이메일 postmaster@bybooks.co.kr
홈페이지 www.bybooks.co.kr

책값은 뒤표지에 있습니다.

바이북스는 책을 사랑하는 여러분 곁에 있습니다.
독자들이 반기는 벗 - 바이북스

김요한 지음

바이북스
ByBooks

어머니에 대한 이야기를 어찌
한 권의 책에 모두 담아낼 수 있겠습니까?

책 속의 집에서 들려주는
사랑과 지혜의 가르침

"심겨진 곳에서 피어나라 Bloom where you are planted"는 말 그대로 평생을 아낌없는 사랑으로 걸어오신 분을 보는 것 자체가 행복입니다. 항상 꽃을 좋아하고 꽃을 나누며 마침내 한 송이 꽃이 되신 파란 눈의 어머니, 맛있는 빵을 구워 이웃과 나누며 존재 자체로 따뜻하고 겸손한 빵이 되신 어머니, 일상의 모든 것을 신앙 안에 봉헌하며 삶 자체로 기도가 되신 어머니, 어머니의 그 이름이 바로 사랑이고, 희망이고, 믿음인 것을 다시 알겠습니다. 이 세상에는 위대한 어머니들이 많지만 김요한 목사님의 'Mom' 역시 참으로 아름답고 훌륭한 이상적 여인이십니다.

이 책을 읽은 독자들이 엄마에 대한 그리움과 효심을 주체하지 못해 전화를 걸거나 집으로 달려가는 모습을 그려보는 것만으로도 기쁘고 위안이 됩니다. 책 속의 집에서 들려주는 어머니의 사랑과 지혜의 가르침은 우리를 착한 동심으로 돌아가게 합니다.

이해인 (수녀·시인)

Mom,
영혼까지 웃게 하는 포근함을 주는 분

3년 전에 김요한 목사님께 점심 식사를 같이 하자는 연락을 받았습니다. 목사님이 시무하시는 교회에 주일 예배 강사로 한 번 다녀온 것이 전부인 저로서는 가슴이 환해지는 이벤트였습니다. 목사님이 예약하신 근사한 식당으로 뵈러 가는 동안 내가 누리는 이 호사는 다 어머니 때문이란 생각이 들었습니다. 저는 식물인간 상태의 어머니를 14년째 간호 중입니다.

뜻밖에도 많은 교회에서 간증 요청을 받아 강단에 올랐지만 시간이 지나 식사를 같이 하자고 하신 분은 김요한 목사님이 처음이었습니다. 그날 목사님은 제게 상담을 요청하셨습니다! 어리고 경험도 적은 제게 목사님과 같은 분이 무슨 지혜를 구하셨을까요? 한국 교회에 어쩌면 이렇게 겸손한 목사님이 다 계실까요?

사실 저는 목사님 가정이 부러웠습니다. 한국 교회의 영적 거목인 김장환 목사님의 자제이시고, 어렸을 때 즐겨 본 미국 드라마 〈초원의 집〉에 나오는 어머니 같은 분의 아들로 태어나 자라오신 목사님 환경에 대한 동경 같은 것이 제 속에 있었습니다.

그날 식사를 하며 목사님이 제게 상의하신 것은 어머니의 암 투병에 대한 병간호 문제였습니다. 한국에서의 사역을 잠시 중단하고 미국으로 건너가 아들로서 어머니 간호를 해드리고 싶은데 결정하기가 쉽지 않은 까닭에 제 얘기를 듣고 싶다고 하셨습니다. 저는 목사님의 마음에 다른 모든 것을 뒤로 하고 어머니를 진정으로 사랑해드리고 싶은 간절한 소망을 느꼈습니다. "저라면 이렇게 하겠습니다"라고 말씀 드리지는 못했습니다. 오히려 목사님의 포근한 마음에 기대어 제 고단 함을 토로하고 싶었지요. 시간이 흘러 목사님의 어머님이 건 강해지셨다는 소식을 듣고 정말 제 일처럼 기뻤습니다. 그날 목사님의 진심 어린 고민을 어여쁘게 보신 하나님의 터치란 생각이 듭니다.

김요한 목사님은 무엇이든 품어줄 것 같은 따뜻한 기운이 감도는 분입니다. 영혼까지 웃게 하는 이 포근함은 어머니께 받은 사랑 때문이란 생각이 듭니다. 이 책에는 목사님의 감성 적인 눈으로 본 어머니의 따뜻하고도 마음에 폭 와 닿는 이야기들이 가득합니다. 한 권의 책으로는 모자라는 그 이야기들은 지금 계신 내 어머니를 더욱 사랑하게 만들고 이미 가신 어머니를 더욱 그리워하게 할 것입니다. 궁금합니다. 그리고 기대가 됩니다. 'Mom'을 부를 때 힘이 났던 어렸을 때 순간들을 떠올리게 하고, 우리가 잊고 사는 진실한 가치를 다시 생각나게 하는 김요한 목사님의 글이 전해줄 감동의 영향력을요. 대형 교회 담임목사 자리보다 어머니께 필요한 아들이 되고자 한 목사님의 마음을 엿볼 수 있는 이 책이, 삭막한 세상을 훈훈하게 데워주길 기도합니다.

황교진(《어머니는 소풍중》 저자)

한 권의 책이 결코 한 사람의 힘으로 만들어지는 법이 없다고 합니다. 저 역시 그 말에 전적으로 동의하는 바입니다. 왜냐하면 너무나도 많은 분들이 저에게 적지 않은 도움을 주셨기 때문입니다.

저의 글을 읽어주시고 보다 좋은 글이 될 수 있도록 조언을 주신 '행복한 책 읽기'의 임형욱 대표님과 한 권의 책이 만들어지기까지 여러 차례의 편집과 소통을 통해 정성을 다해주신 바이북스 출판사에 감사를 드립니다. 아울러 제 글에 관심을 가져주시고 기꺼이 추천의 글을 써주신 이어령 교수님, 이해인 수녀님, 장경철 교수님, 황교진 작가님께도 감사를 드립니다.

이 글을 쓰는 동안 거의 매일같이 어머님의 집 앞에

날아와 어김없이 노래해준 이름 모를 새들 또한 저에게 적지 않은 영감을 주었기에 감사할 따름이며 제가 글을 쓸 수 있는 환경을 마련해주신 어머님과 아버님, 그리고 '안식년'이라는 기간 동안에도 글을 쓴다는 이유로 많은 시간을 함께 하지 못했음에도 불평하지 않고 저를 인내해준 저의 아내와 세 아이들에게도 고마움을 전하고 싶습니다.

2010년 12월

김요한

목차

1부

어머니가 있는 집

가정이란 엄마가 있는 그곳!

  우리 가족이 아버지에게 붙여드린 별명은 다름 아닌 '초침'이다. 시계의 시침이나 분침보다 빨리, 초침처럼 빠르게 움직이신다는 의미에서 붙여드린 별명이다. 다른 가족들의 기상 시간보다 빨리 일어나 새벽같이 나가시고, 또 온 가족이 잠든 이후에 귀가하시는 부지런한 아버지라는 의미가 숨어 있다. 그러나 때로는 그런 아버지의 모습이 섭섭해 불평하거나 원망할 때도 있었다.

  그렇게 바쁜 아버지의 일정에 일종의 완충적인 역할을 하시고자 하셨던 것일까? 늘 바빠서 얼굴 볼 시간도 별로 없는 아버지와는 달리, 어머니는 집을 비우시는 일이 거의 없었다. 물론 어머니도 우리 삼 남매가 모두 어느 정도 성장한 이후엔 집밖에 나가 다른 사람들을 가르치는 일을 시작하셨다. 하지만, 그 전까지는 항상 우리들을 위해 언제나 대기하듯이 우리의 크고 작은 필요를 항상 먼저 생각하신 어머니의 모습을 잊을 수 없다. 언제나 어김없이 그 자리에 계신 모습, 그것이 어머니의 모습이었다.

어머니는 무슨 일이 있어도 기댈 수 있고 의지할 수 있는 든든한 존재였고, 언제나 집으로 달려가면 계실 것 같은 분이셨다. 결국 어머니의 그러한 헌신이 우리에게 안정감을 주고 자신감을 심어주는 역할을 하지 않았나 싶기도 하다.

하교 후에 집에 오면 언제나 우리를 환한 미소로 반겨주시고 어김없이 간식을 챙겨주시는 여유로움도 잊을 수 없다. 친구들이 언제든지 놀러 와도 반갑게 환영해주시는 모습에 지금도 빚진 마음이 가득하다. 언제나 어김없이 그 자리에 계시기 위해 어머니는 우리들을 위해 얼마나 많은 것을 희생하셨던 것일까.

우리 형수님이 어머니를 위해 직접 만든 접시 중에 "Home

is where the mom is!"라는 문구가 적힌 접시가 있다. "가정이란 엄마가 있는 그곳!"이라는 말인데, 이 말처럼 엄마의 역할을 적절하게 짚어주는 말은 없다고 생각한다.

사실 누군가를 위해 자리를 지킨다는 것은 쉽지 않은 일이다. 왜냐하면 그만큼 '나'를 내려놓고 양보해야 하기 때문이다. 그런 의미에서 '엄마만의 공간' 혹은 '엄마만의 시간'은 존재하지 않는 것도 사실이다. 엄마들은 어김없이 내가 하고 싶은 일, 내가 가고 싶은 곳, 내가 만나고 싶은 사람보다 언제나 자녀들의 필요와 유익을 먼저 생각하기 때문이다.

그리고 그것이 오히려 자연스럽게 느껴지기에 '포기'나 '희생'이라고 생각하지 않는 엄마들. 자발적인 마음으로 기꺼이 그 일을 감당할 준비가 되어 있는 엄마들의 모습. 어쩌면 이것이 이 땅의 수많은 엄마들의 삶이 아니겠는가.

어렸을 때는 몰랐지만 어른이 되고 부모가 되면서부터 엄마의 자리에 대해서 새삼스럽게 생각하게 되었다. 어렸을 때는 당연하게 누려왔던 모든 것들이 하나도 당연한 게 아니었다. 모두가 어머니의 희생과 헌신 위에 이루어졌던 것이다.

나 역시 '엄마'는 아니지만 어느덧 세 아이의 아빠가 되었다. 부모의 입장이 되어 보니 '엄마'의 존재와 의미에 대해 삶으로 이해하게 되었다. 그리고 부모가 자녀들을 위해 자리를 지키는 것이 얼마나 소중한지 새삼스럽게 깨닫게 되었다.

엄마의 존재에 대해 깨닫게 되었다고는 하지만, 과연 내가 어머니처럼 아이들을 위해 언제나 기댈 수 있는 든든한 버팀목이 되어줄 수 있을지는 솔직히 의문이다. 그나마 더 늦기 전에 지금이라도 서서히 철이 드는 것 같으니 얼마나 다행스러운 일인가. 언제나 그곳에서 든든하게 가정을 지켜주신 어머니에게 감사의 마음을 전하고 싶다.

"어머니, 고맙습니다. 텅 빈 집을 향해 걸어가는 무거운 발걸음이 아니라 언제나 나를 맞이해주실 어머니가 기다리고 있음을 알 수 있기에 가벼운 발걸음으로 집을 향할 수 있었습니다. 언제나 어김없이 그 자리에서 당신의 자리를 지켜주신 그 사랑에 감사를 드립니다. 고맙고 감사합니다."

"Thank you Mom, for being there. Day in and day out. Rain or shine. Hot or cold. Thank you for being there for us all the time."

조기 유학과 향수병

열 살 때 나는 약 1년 동안 미국 버지니아^{Virginia}로 영어 공부를 하러 유학을 가게 되었다. 그때 내가 있던 버지니아 지역은 정말이지 깡촌 중에서도 그런 깡촌이 없을 정도의 시골로, 한국 사람은 하나도 구경할 수 없는 그런 산골짜기였다. 심지어는 가끔씩 마을 어귀로 곰이 어슬렁어슬렁 다니기도 하는 그런 산골짜기였다. 상상이 갈지 모르겠다.

그 지역은 너무나 외지기 때문에 그곳까지 유학을 가는 학생은 아무도 없었다. 미국으로 유학을 가는데 왜 하필이면 그런 산골짝으로 유학을 가는지 대부분의 사람들은 이해하지 못할 것이다. 하지만 지내놓고 보니 내가 방해받지 않고 영어 공부를 하는 데는 그만큼 환상적인 곳도 없었다. 한국인 아버지와 미국인 어머니 사이에 태어났으면서도 영어가 조금 서툴렀던 내가 만약 번화한 도시의, 한국인들이 많은 곳으로 유학을 갔다면 영어 실력보다는 한국어 실력만 더 늘어서 돌아왔을지도 모른다. 그런 의미에서 나를 그런 산골짝의 시골로 유학 보낸 부모님의 선택은 지혜로운 선택이었다.

하지만 열 살이라는 어린 나이에 낯선 미국의 시골에서 보내는 유학 생활은 결코 쉬운 일이 아니었다. 그곳에서 보내는 1년이란 기간이 너무나 길게 느껴졌다. 가족이나 친구들이 그리웠던 기억이 한두 번이 아니었다. 그때 나는 너무 어려서 '향수병'이란 것이 무엇인지도 모를 나이였기 때문에 어떻게 하면 우울한 마음과 고향에 대한 그리움을 달랠 수 있는지 그 방법조차 몰랐다.

그저 집 생각이 나면 한국을 떠나기 전 TV에서 들었던 노래를 부르며 스스로 마음을 달래곤 했다. 특히 〈엄마 찾아 삼만 리〉라는 만화 영화의 주인공에게 나는 엄청난 공감대를 느꼈던 것 같다. 그 만화의 배경 음악이 워낙 슬픈 것도 이유

였을 것이다. 노래의 가사에 나오는 내용처럼 그 당시 내가
집에서 떨어져 있는 거리 역시 삼만 리 정도였다는 것은 나중
에서야 알게 된 사실이다.

아득한 바다 저 멀리 산 설고 물길 설어도
나는 찾아가리, 외로운 길 삼만 리.
바람아, 구름아, 엄마 소식 전해다오.
엄마가 계신 곳 예가 거긴가?
엄마 보고 싶어, 빨리 돌아오세요.
아아아~ 머나먼 길, 가도 가도 끝없는 길, 삼만 리.

이러한 연약한 모습이 나에게도 있었다는 것이 어찌 보면
부끄럽게 느껴지기도 한다. 어쩌면 더러는 나를 유약한 '마
마보이'라고 놀릴지도 모르겠다. 그러나 엄마의 빈자리는 말
로 표현할 수 없을 정도로 컸다. 그래도 노래를 부르며 나 자
신을 위로할 수 있다는 것이 얼마나 고마운지 몰랐고, 그러한
나의 마음을 엄마나 아빠에게 들키지 않기 위해 나름대로 무
척 노력을 한 기억이 아직 생생하다.

내가 열 살 때 조기 유학을 갔던 경험을 통해 한마디 하자면, 조기 유학은 그렇게 권장할 만한 일이 아니라는 것이다. 우리나라 부모들처럼 조기 유학에 관심이 많은 나라도 별로 없다. 그러나 내 생각은, 아이들에게 필요한 것은 조기 유학이 아니라 조기에 부모의 사랑을 충분히 누리는 것이다.

물론 언제나 예외는 있을 수 있다. 하지만 자녀들이 어릴수록 가능하다면 두 부모의 충분한 관심과 사랑 속에서 자라야 된다는 것이 나의 생각이다. 어떤 조기 유학도 부모의 관심이나 사랑을 대신해줄 수 없다고 생각한다.

물론, 나의 이런 개인적 생각과는 상관없이 현실은 점점 더 조기 유학이 증가하는 추세다. 하지만 초등학생이나 중학생, 아니 고등학생까지도 가급적이면 부모의 보호와 돌봄 속에서 자라갈 때 가장 건강한 모습으로 성장할 수 있다는 것을 나는 경험을 통해 믿는다.

〈엄마 찾아 삼만 리〉 외에 또 한 가지 나에게 위로가 되었던 것은, 아버지가 오래 전 똑같은 산골짜기, 그리고 똑같은 주인 아저씨 밑에서 생활하셨다는 동질감이었다.

아버지 역시 향수병을 많이 느끼셨다고 들었는데, 그때마다 아버지는 커다란 바위 위에 앉아 기도를 하며 작은 하모니카를 주머니에서 꺼내 스스로 위로할 길을 찾으셨다는 이야기를 들었다. 그때 나는 어쩌면 나보다 더 힘들었을 아버지를 생각하며 나 자신을 위로했던 것 같다. 다 큰 성인이 되어 그때의 모습을 문득 떠올려 보노라면 내가 외롭고 힘이 들 때 나를 기억해주고 나를 위해 기도해주는 부모님이 계신 것이 얼마나 든든한 힘이 되는지 조금은 알 것 같다.

그렇다. 이 세상 모든 자녀들에게 어머니는 언제나 마음속 가장 특별한 곳에 자리한다. 그 자리는 여러 많은 자리 중에 가장 좋은 자리 하나가 아니라, 세상 그 무엇으로도 바꿀 수 없는 단 하나의 자리. 바로 그런 자리다.

언제나 그 자리에 있다는 사실만으로도 든든하고, 언제나 나를 사랑하고 계시다는 것을 생각하는 것만으로도 힘이 되는 그런 자리, 그것이 어머니의 자리가 아닐까.

어머니의 사랑을 어떻게 표현할 수 있을까? 내게 어머니의 사랑에 대해 제대로 표현할 수 있는 언어나 방법이 있었으면 좋겠다. '어머니', 또는 '엄마'라는 단어를 떠올리는 순간에, 뭐라고 표현할 수 없이 머릿속에서 무궁무진하게 떠오르는 그 풍성하고 뭉클한 느낌, 그 포근하고 따뜻하고 든든한 이미지를 표현할 수 있었으면 좋겠다.

예나 지금이나 이 세상의 모든 자녀들을 움직이는 힘은 어머니로부터 나온다. 정확하게 말하면 어머니의 사랑으로부터 나온다. 때로는 잔소리로, 때로는 회초리로 매섭게 그 자녀들을 혼낼지라도 자녀들은 안다. 그것이 어머니의 사랑에서 비롯되었음을……. 내가 흘리는 눈물이 빗방울이라면 어머니의 가슴속에는 더 크고 깊은 눈물의 강이 흐르고 있음을 안다.

열 살짜리 어린아이였을 때, 어렴풋하게 거울 너머로 보이던 어머니의 모습처럼 막연하고 어렴풋하던 그 어머니의 사랑을 구체적으로 깨닫게 된 것은 내가 어른이 되고, 세 아이의 아빠가 되면서부터였다.

내 아이들을 위해 기도하는 순간, 나를 위해 기도하던 어머니를 떠올리게 되었다. 내 아이들을 혼내면서 아이의 눈빛을 들여다보는 순간, 아이의 눈동자 속에서 나는 어린 시절 나를 바라보던 내 어머니의 모습을 보았다. 내 아이의 눈동자에 비친 내 모습 속에 어머니가 있었다. 어머니의 마음

으로 내 아이를 들여다보는 그 눈동자 속에, '엄마 찾아 삼
만 리'를 헤매다가 이제는 다 큰 어른이 된 내 모습이 비치고
있었다.

꽃으로 행복 바이러스를 전파하자

　우리 집안에는 언제나 꽃이 있었다. 집안뿐만 아니라 집 밖 화단에도 어머니는 늘 꽃을 심고 가꾸시는 일을 즐기셨다. 그래서 집안에 들어올 때마다 꽃향기를 맡을 수 있었고, 여러 종류의 꽃은 늘 우리를 반기는 것 같았다.

　식물학자도, 꽃 전문가도 아니라 학문적으로는 모르겠지만, 꽃은 우리에게 일종의 평온함을 주는 것 같다. 비록 말은 못 하지만, 그 어떤 말보다 더 품위 있고 위력 있는 포용력을 갖고 있다. 그래서 우리는 꽃을 좋아하는가 보다. 잠잠히 우리를 품어주는 꽃, 소리 없이 우리를 반겨주는 꽃, 그 꽃은 우리에게 생명력을 준다.

항상 우리 집에는 꽃이 있었던 관계로 꽃이 보이지 않는 날이면 왠지 모르게 집이 허전하게 느껴질 정도였다. 그만큼 우리도 모르는 사이에 꽃과 친해지게 되었다. 어려서부터 꽃과 친했던 탓인지, 나는 지금도 방과 후 자녀들이 집에 돌아오거나, 배우자가 귀가하는 것을 환영해주는 방법 중 가장 좋은 것이 꽃으로 말하는 것이 아닌가 생각한다. 비록 꽃 한 송이일지라도 꽃이 있으면 우리의 대화나 표정은 더욱 풍성해진다. 몇 마디 말을 하지 않아도 나머지의 많은 말들은 마치 꽃이 대신 말해주는 듯 느껴질 때도 있다. 꽃이 있고 없음에는 분명한 차이가 존재한다. 때로는 꽃 한 송이와 한 번의 미소가 수많은 말들보다 더 많은 것을 이야기하기도 하는 법이다.

사실 꽃을 즐기는 데 많은 돈이 드는 것도 아니다. 화려하고 값비싼 꽃을 살 수도 있겠지만 반드시 그럴 필요는 없다. 어머니도 주로 시장이나 가게에서 구입하기보다는 평소에 마당에서 가꾼 꽃 한 두 송이를 꺾어서 작은 유리병에 꽂아 놓는 경우가 많으셨다. 하지만 그 꽃 한 송이를 보면서 우리는

꽃의 아름다움은 물론, 그 속에 담긴 어머니의 마음까지 느낄 수 있었다.

비록 꽃은 우리에게 말을 건넬 수 없지만, 꽃의 온기는 누구나 느낄 수 있기 마련이다. 집안에 꽃이 한 송이라도 있는 것과 없는 것에는 적지 않은 차이가 있다. 그 아름다움 속에서 우리는 따스한 하나님의 손길을 느끼고 자연의 신비를 경험하게 되는 것이 아닐까? 꽃은 돈이 많이 드는 것도 아니고 손이 많이 가는 것도 아니지만 우리에게 더해주는 것은 이루 말할 수 없다.

그래서 평소에 우리를 위해 집 안팎으로 아름다운 꽃을 준비해주신 어머니의 손길이 언제나 감사하게 느껴진다. 그때그때마다 꽃을 통해 자연의 신비를 느끼게 될 수 있어 우리 안에 행복 바이러스가 여전히 자리 잡고 있다.

꽃에는 행복을 전파하는 향기로운 바이러스가 숨어 있다. 내가 어릴 때부터 지금까지 어머니의 꽃을 통해 수많은 행복과 사랑을 나누어받았던 것처럼, 이제는 내가 받았던 그 꽃을 내 주변 사람들에게 나누고, 더불어 행복 바이러스를 전파하는 일에 좀 더 힘써보리라고 다짐해본다.

그래서 나도 가장 최근에는 같이 일하는 동료들을 위해 일주일에 한 번씩 책상 위에 작은 꽃병과 함께 꽃 한 송이를 선물하는 일종의 '운동'을 시작하게 되었다. 이 모든 것이 어머니의 영향이다.

　꽃을 나누는 운동. 비록 시작한 지는 오래 되지 않았지만 괜찮은 운동인 것 같다. 우리가 평소에 감사의 마음을 전하고 싶은 사람들, 그리고 사랑을 표현하고 싶은 사람들에게 과연 꽃보다 훌륭한 선물이 있을까? 더 늦기 전에 오늘부터, 그리고 나부터 먼저 꽃을 선물해보자. 꽃 한 송이를 통해 행복 바이러스를 전파하자.

편지는 힘이 세다

　어머니는 한결같이 우리에게 편지를 써 주셨다. 특히, 우리가 집을 떠나 유학을 하는 동안에는 일주일이 멀다 하고 편지를 보내셨다. 그것도 한 통의 편지에 형이나 누나, 그리고 나에게 함께 보내주실 수도 있지만, 개인의 인격을 존중해주는 서양 문화의 영향 때문인지 우리들 각각에게 편지를 써 주셨다.

　요즘은 인터넷 세상이다 보니 예전처럼 편지의 느낌을 경험하기란 쉽지 않지만, 예전에는 학교의 우편함을 열어 친필로 쓰인 엄마나 아빠의 편지를 받는다는 것은 보통 큰 선물이 아니었다. 공부를 포기하고 싶거나 집으로 도망가고 싶은 마음이 불쑥불쑥 들더라도 어머니의 편지를 받는 순간 그 마음을 고쳐먹게 되었다. 그만큼 어머니의 편지는 단순히 우리의 안부를 묻는 것 이상의 기능을 했다. 어머니는 언제나 사랑의 표현을 아끼지 않았고, 비록 어려운 순간들이 있어도 어머니와 아버지가 깨어 기도해주고 계시다는 사실을 거듭 알려주시면서 용기를 심어주셨다.

우리는 이국땅에서 어머니 아버지의 편지를 받을 때마다 두 분의 사랑과 기도의 눈물을 의심할 수 없게 되었다. 그리고 그토록 바쁘신 와중에도 모든 일을 멈추고 우리를 생각하며 정기적으로 펜을 들어 편지를 쓰시던 그 아름다운 사랑의 수고는 앞으로도 우리에게 가장 값진 유산으로 남을 것이라고 믿는다.

우리 아이들도 언젠가는 부모와 떨어져 살게 될 것이다. 하지만 멀리 있든 가까이에 있든 관계없이 부모가 자식을 위해 친필로 편지를 쓰는 것이 큰 위력이 있다고 믿는다. 때문에 나도 최근 들어서는 편지 쓰는 연습을 하는 중이다. 특히 십대 자녀들에게 부모의 마음을 전달하는 데 편지처럼 좋은 방법도 없는 것 같다. 물론 인터넷으로 메일을 보내는 것이 훨씬 더 빠르고 편리할 뿐 아니라 가장 신세대적인 방법이겠지만 나는 때때로 시대의 흐름을 거스르는 것도 나쁘지 않다고 생각한다.

부모와 자녀 사이에 마음과 마음을 잇는 데에는 한 번 읽고 버려질 가능성이 높은 전자우편의 방식보다는 친필로 쓴 편지가 더욱 효과적이고 그 감정을 그대로 느낄 수 있기 때문이다. 획일화되고 기계화된 서체가 아니라 엄마 아빠가 직접 쓴 삐뚤삐뚤한 손글씨가 더욱 정감 있기 마련이다.

내가 요즘 들어 아이들에게 쓰는 편지의 내용은 대단하지 않지만, 대부분의 경우 다음과 같은 내용들이다.

그때그때 생각나는 짧은 격려의 글

엄마나 아빠의 소망과 바람에 대한 글

상처를 주었을 때 용서를 구하는 글

책에서 깊은 감명을 심어준 글

일상 속에서 있었던 소박한 내용의 글

미래 지향적인 생각을 심어줄 만한 글

아이를 축복해주고 응원해주는 내용의 글

평범하고 소박하지만, 정기적으로 부모의 마음을 표현하고 전달하는 것은 매우 중요하다. 예전에 "부정적인 내용은 말로 표현하고, 긍정적인 내용은 글로 표현하라"는 이야기를 들은 적이 있다. 부정적인 내용을 글로 표현할 때 당사자가 그 글을 두고두고 간직할 수도 있기 때문에 오히려 역효과를 가져올 수도 있다는 설명이다. 하지만 긍정적인 내용의 글은 두고두고 간직해도 당사자에게 언제나 힘이 될 수 있다.

되돌아보면 어머니도 우리에게 최대한 희망을 주고 용기를 줄 만한 내용의 편지를 주신 것으로 기억한다. 어머니의 영향 때문인지 나도 가급적이면 아이들에게 보내는 편지에는 교훈적이거나 실망을 표현하는 내용은 최대한 피하는 대신 긍정적인 편지 쓰기를 훈련 중이다.

물론 매일 거창하게 편지를 쓸 필요야 없다. 하지만 엄마 아빠가 자녀를 사랑하는 마음으로 정성 들여 쓰는 편지는 자녀들도 진지하게 읽게 될 것이다. 뿐만 아니라 자녀가 그 편지를 두고두고 간직할 확률도 높다. 생각해보라. 한 통 한 통의 편지가 쌓여갈수록 부모와 자녀 사이에 사랑과 정도 더욱 깊이 쌓여가고, 나중에 아이가 자랐을 때 부모의 그 편지가 아이의 소중한 추억의 일부가 되고, 평생 남겨질 위대한 유산이 될지도 모른다는 것을.

특히 자녀들과의 관계가 혹시라도 멀어져 있거나 병들어 있다면, 자녀에게 직접 편지를 써볼 것을 추천한다. 편지처럼 서로의 멀어진 간격을 이어주고 마음을 연결시켜서 다시 하나로 묶어주는 것이 없다.

편지는 힘이 세다. 편지의 양이나 내용보다 더 중요한 것은 그 편지 속에 얼마만큼 우리의 마음이 묻어나는가다.

편지 쓰기, 처음에는 약간 어색하거나 불편함이 있더라도 충분히 시작해볼 만한 가치가 있는 일이다. 만약 공감한다면 지금 곧바로 종이와 펜을 꺼내어 자녀들에게 편지를 쓰자. 해야겠다고 생각하는 지금 미룬다면 내일이나 모레, 언제 다시 결심하게 될지는 아무도 모른다. 그리고 자녀를 위해 편지를 쓰다 보면 당신의 가슴속에 숨겨져 있던 자녀들에 대한 사랑도 새록새록 자라날 것이며 자녀들에 대한 잊었던 추억들도 다시 떠오를 것이다. 당신의 편지가 자녀들을 변화시키기 전에, 가장 먼저 당신부터 변화시킬지도 모른다.

그만큼 편지는 힘이 세다.

거꾸로 가는 삶

　날이 갈수록 대기업의 CEO는 물론 중소기업을 이끌어가는 핵심 경영진에 여성들이 대거 진출하고 있다는 사실은 더 이상 뉴스거리가 아니다. 우리 시대의 '우먼파워'가 급격하게 상승하고 있는 것을 모두들 실감하고 있고 그 추세는 점점 더 증가할 것으로 보인다. 어쩌면 그만큼 우리 사회가 앞서가고 있고 선진화되고 있다는 단편적인 증거이기도 하다. 그런 영향 때문인지 요사이 신세대 주부들은 자녀 양육보다는 자신의 개발에 더욱 열을 낸다고 한다.

　이러한 현실 속에서 어머니의 삶은 신선한 충격을 주는

'거꾸로 가는 삶'이라고 사람들은 박수를 보낸다. 그만큼 우리 삼 남매의 양육에 '올인'하셨기 때문이다. 인생에서 정말 소중한 것을 본으로 보여주신 것이다. 물론 자녀들을 뒷바라지 하느라 일할 수밖에 없는 처지에 있는 엄마들도 많은 것이 사실이다. 이혼이나 사망으로 인해 편모 가정이 되어 혼자서 경제 활동과 가사, 양육까지 하며 쉬고 싶어도 쉬지 못하는 엄마들이 늘어나고 있는 것도 우리 시대의 현주소다.

하지만 그와 동시에 엄마의 관심과 돌봄에서 점점 더 멀어져가고 있는 아이들도 그만큼 늘어나고 있다. 요즘의 아이들은 안타까울 만큼 TV가 저들을 옆에서 돌봐주며, 인터넷이 유일한 친구가 되고 있다.

아무리 이 사실을 인정하고 싶지 않아도 이것이 우리의 현주소라는 것을 부인할 수 없다. 물론 "남들이 다 그렇게 하는 걸 난들 어쩔 수 있나……" 하면 할 말이 없는 것도 사실이다. 물길을 거슬러 헤엄치는 것이 어렵듯이 시대의 흐름을 거슬러 사는 것은 결코 쉽지 않은 선택이다.

하지만 그럴수록 '거꾸로 가는 삶'은 의미 있어 보인다. 형편과 상황이 허락한다면 그것은 가장 값진 선택이 될 수 있을 것이다. 어머니는 여기저기에서 (유명 대학교, 심지어는 청와대에서도) 영어를 가르쳐달라는 수많은 요청을 한동안 거절하신 것으로 알고 있다. 다시 말해 당신에게 아무런 능력이나 재주가 없어서 우리를 뒷바라지하기로 선택하신 것이 아니다. 개인적으로 하고 싶은 일이 없어서 그렇게 하신 것도 아니다. 당신이 할 수 있는 최선은 어린 자녀를 정성껏 돌보고 양육하는 것이라고 믿으셨기 때문이다.

세상의 모든 어머니들에게 우리 어머니와 같이 자식들을 위해 모든 것을 쏟아부으면서 '거꾸로 가는 삶'을 살라고 요구할 수는 없다. 그렇게 요구해서도 안 된다. 하지만, 다른 사람들은 몰라도 우리 삼 남매는 어머니의 거꾸로 가는 삶에 찬사와 함께 감사의 마음을 보낸다. 부모가 어떤 삶을 살아왔는지 다른 사람들은 몰라도 자식들은 누구보다도 잘 알기 때문이다.

나는 할 수만 있다면 어머니와 같은 '거꾸로 가는 삶'을 선택하고 싶다.

엄마는 영원한 선생님

어머니는 교육학을 전공하시기도 했지만, 타고난 성품 자체가 교사에 어울리는 기질과 성품을 가지고 계셨다. 영어를 가르쳐도 아이들의 눈높이에 맞게 때로는 노래로, 때로는 동화로, 때로는 그림이나 춤, 인형, 혹은 쿠키 굽기 등의 다양한 방법으로 가르치곤 하셨다. 그만큼 한 아이 한 아이가 최대한 집중할 수 있도록 끊임없이 다양하고 창의적인 방법을 찾으려고 노력하셨다.

오랫동안 교육을 하다 보면 때로는 나에게 가장 익숙하고 편한 쪽을 선택하기 마련이다. 그러다가 결국에는 똑같은 방식만 고집하고 반복하게 된다. 그 속에는 변화도 새로움도 없다. 문제는 이러한 방식들이 배움에 대한 학생들의 열정을 꺾고 창의력을 해칠 수 있다는 것이다. 학생들이 창의적이 되길 기대한다면 가르치는 사람부터 스스로 배우기를 중단해서는 안 된다. 교실의 학생들 이상으로 적극적으로 탐구하고 끊임없이 배우려는 의지가 있을 때 그 속에서 창의적인 교육 환경이 점진적으로, 그리고 성공적으로 만들어지는 것이 아닐까 싶다.

어머니는 교실에서 학생들을 대상으로 하시던 방식을 집 안에서도 고스란히 우리들에게 적용하셨다. 그만큼 어머니는 자녀 교육에 관심이 많으셨고 우리를 교육할 수 있는 장소나 공간을 학교나 집 안으로 제한시키기보다는, 우리가 갈 수 있는 모든 곳, 그리고 볼 수 있는 모든 것, 만날 수 있는 모든 사람들을 교육의 기회로 보셨던 것 같다. 그것을 가리켜 우리는 '산 교육'이라고 말한다.

"자녀들은 엄마나 아빠의 앞모습이 아니라 뒷모습을 보고 배운다"라는 격언은 이러한 상황을 가장 잘 설명해주는 표현일 것이다. 그만큼 앞에서 입으로 말하는 부모의 언어보다는,

뒤에서 몸으로 전달하는 실천의 힘이 효과적인 측면에서 훨씬 더 큰 비중을 차지하기 때문이다.

무엇보다 어머니는 삶으로 가르치는 일에 언제나 본이 되어주셨다. 그 영향 때문인지, 형은 몇 해 전에 책을 집필하면서 책 제목을 아예 《삶으로 가르치는 것만 남는다》로 정했다.

오늘날 우리 시대에 가장 필요한 교육은 바로 '삶으로 가르치는 모습'이라고 나는 믿는다. 삶으로 가르친다는 것은 그만큼 교실 안에서와 교실 밖에서의 균형과 조화가 요구되고, 부모로서는 집 안에서의 교육과 집 밖에서의 교육이 병행될 때 비로소 자녀들의 삶에 진정한 '영양가'가 있다고 나는 생각한다.

엄마의 존재

　'엄마'라는 말을 들으면 제각기 느낌이나 생각이 다를 것이다. 상황에 따라 엄마 얼굴을 한 번도 본 적이 없는 사람도 있기 마련이고, 일찍이 엄마를 여읜 사람도 있을 것이다. 혹은 엄마와 친구처럼 지내는 사람도, 어떤 이유에서든 엄마를 원망하는 사람도, 연세가 지긋한 엄마를 모시고 살거나 병든 엄마를 간호하는 이들도 있다.

　나는 '엄마'는 당연히 내 곁에 있어야만 하는 존재라고 생각했고, 그것도 날 위해 언제나 대기하고 있어야만 한다고 생각해왔다. 적어도 어머니가 암으로 투병하기 전까지는 그랬다. 어릴 적부터 '어머니는 그렇게 일방적으로 나를 위해 존재한다'는 착각 속에 지금껏 살아온 것이다. 어머니에 대한 나의 이해는 고작 배고프면 먹여주고, 아프면 안아주고, 졸리면 재워주고, 심심하면 놀아주는 어긋난 '엄마상'으로 전락해버려 언제나 그런 식으로 어김없이 나를 위해 존재하는 줄만 알았다고나 할까? 어린 나에게 엄마란 존재는 그런 의미였다.

더 웃기는 것은 그렇게 나를 위해 존재하는 어머니에 대해서는 늘 생각했어도 거꾸로 어머니를 위해 존재하는 나에 대해서는 너무나 무관심했다는 것이다. 그만큼 일방적으로 받는 것에만 익숙했고, 그것이 너무나 당연한 것처럼 지금껏 생각을 해왔다.

최근에는 어머니께 자주 전화를 드리는 방법이 마치 현재 내가 할 수 있는 최선의 배려(?)라고 생각했다. 그리고 좀 더 시간이 나면 어머니를 간간히 뵈러 가는 정도였다. 그렇게라도 시간을 내서 어머님을 뵈러 가는 것을 대단한 희생이라고 생각하면서 나 스스로를 위로해온 것이다.

하지만 이제는 생각이 조금 달라졌다. 물론 여전히 내가 어머니를 위해 특별히 해드릴 수 있는 것은 많지 않지만 사소하면서도 중요한 일이 있는데, 그것은 조용히 어머니 옆에 있어드리는 것이다. 그렇게 말동무가 되어드리고, 발을 주물러드리고, 간간히 웃게 해드리면서 말이다.

이제 그 '엄마'를 잠시 뵈러 간다. 그런데 예전과는 다른 마음이다. 예전에는 '엄마'가 늘 내 곁에 있는 존재라고 생각했었지만, 요 근래에는 내 생각이 얼마나 짧았는가를 깨닫게 된다. 이제는 매번 어머니를 만나러 갈 때마다, 다음이 없는 마지막이 될 수도 있다는 생각을 하게 된다. 그것이 사람 사는 세상이니까……. 물론 그렇다고 소망이 전혀 없는 것은 아니다. 천국의 소망이 없는 것도 아니다. 다만 날이 가면 갈수록 점점 더 연로해지시는 어머니의 모습에 가슴이 저리고 마음이 아프기만 하다.

어머니의 손님 접대

요즘 우리 사회는 손님을 집으로 초대하는 문화가 점점 사라지고 있다. 사람들이 요리나 손님 접대에 부담을 느끼는 탓인지 식당에서 만나 끼니를 해결하는 경향이 더 많은 듯하다. 물론, 그것이 무조건 나쁜 현상이라고 할 수는 없다.

인간은 사회적 동물인데, 우리를 둘러싼 여러 가지 환경들은 우리를 사회적인 활동에서 점점 더 멀어지게 한다. 아파트 중심의 주거 공간과 문화, 그리고 TV나 인터넷의 영향도 무시할 수 없는 원인이다. 아이러니한 것은 대부분의 현대인들이 갈수록 더 TV와 인터넷 등으로 빠져들면서 동시에 허전함과 공허함에 대한 불평이 증가하고 있다는 것이다.

우리 집은 평일이든 주말이든, 손님들이 항상 찾아왔다. 때로는 외국에서 온 손님일 경우 6개월씩 머물고 간 사람들도 한둘이 아니다. 뿐만 아니라 일요일마다 어머니가 식사를 제공해준 손님들은 적게는 15명, 많게는 30명가량이나 되어서 우리 집은 항상 잔칫집 같았고 늘 이야기꽃이 만발했다.

지금 와서 돌이켜 보면 그 많은 손님들을 어쩌면 그렇게 따스하게 맞이해주셨는지 수수께끼다. 왜냐하면 나만 하더라도 손님들이 오는 것이 귀찮아 일요일만 되면 동네 친구들을 만나러 뛰쳐나갔던 기억이 있기 때문이다. 어머니라고 왜 손님 맞이가 귀찮게 여겨지지 않았겠는가. 그럼에도 불구하고 항상 밝은 미소와 반가운 마음으로 손님들을 공손히 맞이하셨고 대접하는 일에 있어 인색함이 전혀 없으셨다. 물론 우리 삼 남매도 손님들이 올 때마다 식탁을 닦거나 상을 차리고 뒷정리하는 일에 한몫을 한 덕에 30여 년이 지난 오늘, 손님 접대는 우리에게 전혀 어색하지 않다. 이것은 분명 어머니의 대접하는 손길의 영향일 것이다.

요사이도 어머니는 일흔이 넘은 연세에도 불구하고 손님

접대를 쉬지 않으신다. 얼마 전에는 어머니보다 더 연로하신 양로원 할머니 열 분을 모시고 집에서 식사 대접을 하셨다. 그중엔 앞서 오셨을 때 "사모님이 만드시는 빵을 아예 양로원에 와서 매일 같이 만들어주면 안 될까요?"라며 여쭈어본 귀여우신(?) 할머니도 계셨다. 어머니는 언제나 치아가 튼튼하지 않은 할머니들이 드실 수 있는 부드러운 음식 장만을 위해 손수 애쓰시며, 할머니 한 분, 한 분의 사연을 들어주시며 격려해주는 멋쟁이 요리사다.

영화 〈초콜릿〉과 〈바베트의 만찬〉을 보면 두 여인의 정성 어린, 아니 어쩌면 고집스러워 보이기까지 하는 성의와 접대 솜씨를 엿볼 수 있다. 영화와 마찬가지로 때로는 어머니의 손님 대접도 '정말 저 정도까지 해야 하나?'라는 의문을 불러일으킬 정도라 해도 과언이 아니다.

그러나 세월이 흐르면 흐를수록 그 속에서 우리는 여전히 어머니의 친절함을 느낄 수 있고 그 어느 동양인 못지않게 요리에 성의를 기울이는 모습에 잔잔한 감동을 받게 된다. 뿐만 아니라, 어머니의 손님 접대 덕분에 우리들도 일요일만 되면 진수성찬을 맛볼 수 있었으니 이 또한 감사한 일이 아니었겠는가!

2부

내 삶의 멘토, 어머니

인생을 바꾸는 한마디의 말

본가의 집에는 영어로 쓰인 격언들이 여기저기 눈에 띄는 곳에 붙어 있다. 특히 부엌 한쪽 면에 붙어 있는 문구들은 가족이 둘러앉은 식사 시간이면 언제나 접할 수 있다. 그리고 그 문구들은 나에게 종종 하루를 반성하게 하는 강력한 동기부여가 되기도 한다. 그중 한두 가지를 소개한다.

첫 번째는 영국의 극작가 에머슨Ralph Waldo Emerson, 1803~1882이 남긴 말 중 하나다.

To laugh often, love much, to appreciate beauty,

to see the best in others, and to give one's self to
others is to have succeeded.

어머니가 에머슨의 문구를 워낙 좋아하셔서 형수님과 조카 샤론이가 아예 부엌의 벽 한쪽 면을 예쁜 글씨로 장식해주기도 했다. 에머슨의 글을 우리말로 옮기면 이렇다.

"자주 웃고 많이 사랑하라. 아름다운 것들에 감사하고, 다른 사람의 모습에서는 장점만을 보아라. 그리고 다른 사람을 위해 자신을 내어주는 사람이 진정으로 성공하는 사람이다."

어머니가 이 글귀를 좋아하시는 이유는 당신이 그런 삶을 살기 때문이 아니라, 그렇게 살기 위해 늘 노력하시기 때문인 것 같다. 우리는 생각하는 대로 살 수도 있지만, 사는 대로 생각할 수도 있기 마련이다. 그만큼 우리의 생각 관리는 중요하다.

그래서 평소에 우리의 생각에 영향을 주는 글들을 보고 또 읽는 것, 필요하면 암기하고, 벽에 적고, 그것도 부족하면 누군가와 나누는 것이 필요하다. 보고, 생각하고, 나누는 이 모든 것들이 우리의 삶을 풍성하게 한다. 좋은 생각, 좋은 글귀를 보는 것만으로도 우리 삶에 적지 않은 보탬이 될 수 있다.

어머니가 워낙 이렇게 삶의 교훈이 될 만한 문구들을 좋아하시다 보니 나나 아내가 어머니를 위한 문구들을 준비해드린 적도 있다. 유머 감각이 뛰어나시고, 즐기시는 어머니께 아내가 그릇을 장만해드린 적이 있는데, 그 그릇에는 '부엌의 원칙'이라는 짧은 문구가 적혀 있다.

Kitchen rules : take it or leave it.

부엌의 원칙 : 먹든지 말든지, 둘 중에 하나만 선택하라.

음식이 맘에 안 들면 불평하는 대신에, 잔소리 말고 먹든지 굶든지 하나를 택하라는 뜻이다.

단순하지만 생각보다 지키기가 어려운 문구이기도 하다. 우리나라의 부엌이나 식탁에서는 어쩌면 상상하기 어려운 문구일 수도 있다. 식탁에 오른 음식에 대해서 불평과 불만을 일삼는 자녀들이 혹시 있다면 식탁 옆에 크게 써서 붙여놓으시기를! 아마도 자녀들의 식탁 교육을 위해서는 이만한 문구도 없을 것이다.

가부장적인 우리나라 정서에서 남자들이 부엌일을 돕는 것은 흔한 일이 아니다. 그러나 어머니는 우리가 어릴 때부터 적어도 한 가지의 부엌일을 돕도록 우리를 훈련시키셨다. 냅킨을 테이블 위에 놓는 일이나, 빈 컵에 물을 따르는 일이나, 식후에 빈 그릇을 치우는 일처럼 단순하고 간단한 일일지라도, 그것은 가족 구성원으로서 최소한의 책임을 다 하는 일이라는 것을 가르쳐주셨다.

어머니의 교육 덕분에 우리 가정도 식사 시간이 되면 특별히 시키지 않아도 자원해서 부엌일을 돕는 아이들의 모습을 발견할 수 있다. 우리 아이들에게 특별히 시키지는 않았지만 엄마 아빠의 모습에서 자연스럽게 보고 배운 탓이라 여겨진다. 하지만 어려서부터 이처럼 식탁 예절을 교육받거나, 부모의 모습을 보고 배우지 못했다면 다 큰 성인이 되어서 그 일을 자발적으로 하게 될 가능성은 거의 없다.

중요한 것은 어릴 때부터 자녀들에게 가족의 구성원으로서 나이나 성별과 상관없이 각자의 책임과 역할이 있음을 알려주는 것이다. 엄마나 아빠가 인내심을 잃지 않고 옆에서 자녀들의 적극적인 참여를 격려하며 칭찬할 때 아이들이 기꺼이 집안일을 돕게 될 것이다.

그러나 아이들의 미래를 바꾸는 일은 생각보다 쉽지 않다. 생각만 하고 실천하지 않으면 바뀌는 것은 아무것도 없다. 지금 당장 실천할 일은 종이 한 장을 꺼내서 부엌에 당신이 가장 중요하게 생각하는 바로 그것을 적어서 붙이는 일이다.

그 문구가 무엇이든 상관없다. 우리 집 식탁에 붙어 있던 것처럼 "먹든지 말든지 둘 중 하나만 선택하라"도 좋고, "밥 먹기 전에 한 가지씩 엄마를 도웁시다"도 좋고, "한 톨의 쌀을 위해서 흘린 농부의 땀방울을 생각하라"도 좋다. 아니면 "화내는 모습보다는 웃는 모습이 아름답습니다" 같은 문구도 좋고, "생각만 하지 말고 먼저 실천하라", "잠들기 전에 뽀뽀 한 번 더. 뽀뽀할 때는 '사랑한다'는 말도 함께!" 같은 문구도 좋다.

시간이 흐른다고 아이들이 저절로 자라지는 않는다. 아이들을 키우는 것은 부모의 눈물과 사랑, 그리고 기도다. 아이들이 어떤 길로 가라고 길을 정해줄 수는 없다. 그러나 부모는 아이들이 가서는 안 될 길로 가지 않도록 막을 수는 있다.

마지막으로 기억하시기를. 아이들이 보고 배우는 것은 부모의 말이 아니라 부모의 삶이란 것을. 부모는 아이들의 가장 좋은 교과서이자 참고서다.

단순한 삶이 아름답다

어머니가 평소에 좋아하시는 명언 중에 "Live simply so that others can simply live"라는 말이 있다. 직역하자면 "내가 단순하게 사는 것이 다른 사람들도 단순하게 살 수 있게 한다"는 뜻인데, 이는 "내가 너무 많은 것을(권력, 물질, 인기 등) 손에 쥐려고 한다면 그만큼 다른 사람들이 그것을 가질 기회를 빼앗는다"는 의미를 담고 있다. 단순한 삶은 그만큼 전염성이 있다.

어머니는 매사를 복잡하게 생각하지 않고 단순하게 생각하시기로 유명하다. 그래서 아버지는 때때로 엄마가 답답하다고 하신다. 두 분이 결혼하신 후 한국에 오시기로 결심하신 것도 크게 고민하지 않고 "단순히 사랑하는 사람을 따라 한국에 오신 것"이라고 말씀하시는 어머니다. 때로는 "한국에서 살기가 힘들지 않느냐"는 질문을 받으시면 "그건 생각하기 나름"이라고 대답하시는 어머니. 좋은 환경에서도 만족하지 못하는 사람들도 있는가 하면 힘들고 열악한 환경에서도 만족하며 사는 사람들이 많다고 어머니는 미소 지으며 대답하신다.

그러나 이 정도는 약과다. "앞으로의 계획을 말씀해주세요"라고 묻는 사람들에게는 "별로 특별한 계획이 없어요"라고 대답하시는 어머니. 그저 지금처럼 사는 것이 좋고, 지금이 가장 행복하다는 것이다. 어떻게 보면 성의 없는 대답이라고 생각할 수도 있다. 그러나 오히려 나는 그것이 어머니의 성품이 고스란히 묻어나는 대답이라고 생각한다. 단순한 삶을 좋아하시는 어머니에겐 모든 것이 대단히 단순하다. 복잡할 게 없다.

우리가 사는 사회는 단순하게 사는 사람들을 바보 취급하는 경향이 없지 않다. 똑똑한 사람일수록 남들보다 큰 집에 살고, 큰 차를 굴리며 사는 것을 당연하게 생각한다. 하지만 어머니는 자가용 한 번 굴린 적이 없다. 아버지가 자동차를 사주신다고 해도 사양하신다. 어머니는 오히려 대중교통이 더 편하다고 말씀하신다. 실제로 웬만한 거리는 걸어다니실 때가 더 많다.

어머니는 오늘도 수원 원천동의 작은 커피숍에서 과자와 빵을 구우며 장애 학생들을 돕고 어린 아이들을 가르치는 일에 만족하신다. 그것이 어머님이 하실 수 있는 최선이라고 생각하시기 때문이다. 내가 가장 닮고 싶어 하면서도 가장 닮기 어려운 부분이 바로 어머니의 이런 단순한 삶의 실천이다.

현재에 감사하고, 기뻐하고, 만족하는 삶. 그 삶을 배우기 까지 나는 아직도 갈 길이 너무나 멀기만 하다.

어머니의 좌우명
"심긴 곳에 꽃을 피워라"

　사람들에게는 누구나 좌우명이 있다. 좌우명이란 한 사람의 인생을 좌우할 수 있을 정도로 인생의 방향을 잡아주는 인생관을 이야기한다.

　우리 어머니에게도 그런 좌우명이 있다. 어머니의 좌우명은 "Bloom where you're planted 심긴 곳에 꽃을 피우라"라는 것이다. 의역을 하면, "현재 있는 내 삶의 자리에서 작은 일에도 최선을 다하라"는 뜻이다.

　평소에 우리는 내가 있는 자리보다 남의 자리가 더 빛나 보이고 돋보이는 것처럼 생각할 때가 종종 있다. 하지만 정말 중요한 것은 지금 나에게 맡겨진 일, 현재 내가 있는 삶의 자리에서 마음을 쏟는 일이다.

"식물은 심겨진 자리에서 꽃을 피우고 열매를 맺는다." 이것이 바로 어머니의 가치관, 또는 인생관이다. 식물은 그 심긴 자리가 싫거나 힘들다고 다른 데로 옮겨갈 수 없다. 오히려 비바람이 치고 폭풍우가 불어도 그 자리에서 견뎌낼 때 가장 아름다운 결실을 맺을 수 있다는 것이 어머니의 지론이다.

어머니가 한국에 온 지 얼마 되지 않아서 책을 읽다가 "Bloom where you're planted"라는 글귀를 발견했는데 그것이 어머니의 인생을 좌우할 중요할 좌우명이 될 것이란 것을 느끼셨던 것 같다. 그래서 어머니는 미국 땅이 아닌 이곳 한국 땅에서 아름다운 꽃을 피워야겠다고 결심했다고 한다.

한국에 시집을 왔으니 한국에서 뿌리내리겠다는 것이 어머니
의 마음이었다.

사람들은 누구 하나 똑같은 사람이 없다. 모든 사람들에게
는 저마다의 개성이 있다. 어떤 사람은 과거에 사는 경향도
있는가 하면 또 어떤 사람은 미래에 사는 경향도 있다. 과거
에 사는 사람들은, 지나간 추억을 그리워하거나 예전의 성공
을 기억하며 '내가 그래도 왕년에는……' 하는 아쉬움에 사
로잡힌 채로 살아간다. 그리고 미래에 사는 사람들은 도달하
지 않을 꿈의 세계에 얽매이는 경우가 많다.

물론 과거의 추억이나 기억도 중요하고 미래를 향한 꿈이
나 도전 정신도 중요하다. 하지만 그것이 지나치면 둘 다 일
종의 현실 도피가 되고 만다. 이러한 마음가짐은 수동적인 태
도를 만들고 결국 현재를 충실하게 살아가지 못하게 한다.

그런 의미에서 어머니는 늘 현실에 뿌리박은 모습으로 하
루하루를 맞이하려고 노력하신 것이다. 어제를 아쉬워하거나
내일을 두려워하기보다는, 주어진 하루의 일과 속에서 최선을
다하는 지극히 단순한 삶을 고집하시지 않았나 싶다.

"가장 중요한 순간은 지금이고, 가장 중요한 사람은 내 가

까이에 있는 사람이다. 그리고 가장 중요한 일은 지금 내가 하고 있는 일이다"라고 톨스토이Leo Nikolaevich Tolstoi, 1828~1910는 말했다.

미국 속담 중에 "언제나 이웃의 담장 너머에 있는 풀이 더 푸르게 보인다The grass always looks greener on the other side of the fence"라는 말이 있다. 우리 속담 중 "남의 떡이 더 커 보인다"는 것과 같은 의미다. 즉, 남의 것이 항상 더 돋보이거나 매력 있어 보인다는 의미다. 내가 타는 승용차보다는 남의 것이 더 좋아 보이고, 내가 사는 집보다는 남의 집이 더 좋아 보이고, 내가 하는 일보다 남들이 하는 일이 더 좋아 보인다는 뜻이다.

하지만 모든 것은 결국 마음을 먹기에 달려 있다. 내가 지금 하는 일이 가장 가치 있다고 마음을 정하고 출발하는 것, 가장 중요한 순간은 지금이고, 가장 소중한 사람은 현재 내 곁에 있는 사람임을 믿고 사는 것이 중요하다. 이와 같은 마음가짐이 바로 지금 내 삶의 모습을 바꾸는 원동력이다.

아주 작은 마음가짐 하나의 차이가 내가 지금 살고 있는 삶의 모습을 천국으로 만들기도 하고 지옥으로 만들기도 한다. 언제나 중요한 것은 마음가짐이다. 우리 인생에 가장 중요한 순간은 '바로 지금'이다. 지금 조금 더 노력하고, 조금 더 미래를 준비하는 작은 마음가짐이 미래에는 커다란 차이를 만들 수 있다.

기억하자. '오늘'은 시한부 환자가 그렇게 애타게 꿈꾸던 바로 그 '내일'이다. 먼 미래의 언젠가 지나온 삶을 후회하며 '다시 한 번 과거로 돌아갈 수 있다면……'이라고 꿈꾸던 그 지난날이 바로 '오늘'이란 것을.

Bloom
where you're
planted

불평은 또 다른 불평을 낳는다

우리는 불평을 가짐으로 불평을 말하게 되는데 모
든 것을 참고 감사하면 불평은 없어진다.

– 헬렌 켈러Helen Adams Keller, 1880~1968

어머니의 삶에서 불평이나 불만은 거리가 먼 단어라고 할
수 있다. 물론 그렇다고 전혀 불평 없이 사시는 것은 아니겠
지만, 어머니의 적극적인 사고방식이나 낙천적인 성격은 불
만을 최대한 멀리하게 한다. 불만을 품거나 불평을 일삼기보
다는 스스로 문제나 어려움을 극복할 수 있는 방법을 찾으시

는 것이다. 누구나 일상 속에서 크고 작은 어려움을 만나는 것은 지극히 자연스러운 현상이다. 하지만 그 상황에 따른 반응은 가지각색이다. 건설적인 방법으로 대처할 수도 있는가 하면 파괴적인 방법으로 대처하는 경우도 적지 않다.

불평에는 끝이 없다. 불평은 또 다른 불평을 낳을 뿐이다. 불평한다고 해결되는 것은 없다. 오히려 불평은 많은 경우, 원망을 불러일으켜 관계를 깨뜨리기만 한다. 불평은 우리에게 해를 끼칠 뿐 전혀 도움이 안 된다.

스스로에게 솔직히 물어보자. 지금까지 불평을 해서 상황이 좋아진 경우가 단 한 번이라도 있었던가? 내 경우엔 없다. 불평하는 사람에게 삶의 진전이나 발전은 없다. 우리 모두는 연약한 사람이기에 불평할 일이 생기게 마련이다. 내 경우도 마찬가지다. 하지만 나는 불평할 일이 생길 때마다 불평하기에 앞서 늘 상황을 뒤집어서 다시 생각해보곤 하는 어머니를 떠올린다. 그러면 내 마음속에서 자라나던 불평들이 잦아드는 것을 느끼곤 한다.

《평생 감사》의 저자 전광 목사는 다음과 같이 말한다.

사람이 스스로 속고 있는 것 중에 하나가 모든 것을 당연한 것으로 받아들이고 감사하지 않는 것이다. 내가 받는 사랑도 당연하고, 내가 받는 대우도 당연하고, 내가 하는 일도 당연하고, 내가 지금 건강한 것도 당연하다고 여긴다. 그러나 그렇지 않다. 눈을 크게 뜨고 세상을 바라보라. 우리 주위에는 당연하다고 생각되는 일들도 누리지 못하고 어렵게 사는 사람이 얼마나 많은가?

그렇다. 우리가 경험하고 누리는 모든 것은 결단코 당연한 것이 아니다. 그래서 '감사는 바로 기억력'이라고 한다. 기억은 감사의 시작이기 때문이다. 하지만 기억상실증에 걸린 사람은 감사하는 대신 자신이나 이웃, 그리고 주변과 환경만 탓한다.

일상 속에서 크고 작은 감사의 제목을 찾는 것이란 그렇게 어려운 일이 아니다. 하지만, 작은 것일수록 집중해야만 보이는 법이다. 감사할 일들에 대해서 집중할 때 비로소 감사할 일들은 그 모습을 서서히 드러내게 된다. 어떤 사람들은 '감사 일기'를 정기적으로 기록함으로써 감사했던 순간들을 돌아보는 습관을 갖는다. 하루에 단 한 가지씩이라도 감사할 수 있는 일들을 찾아본다면, 그만큼 우리 삶에서 불평과 불만은 멀어지게 될 것임이 틀림없다. 매일 같이 '감사 일기'를 기록하는 것이 부담스럽다면, 일주일에 한 번, 아니 한 달에 단 한 번만이라도 시도해보면 어떨까.

평소 어머니는 감사하는 마음을 우리들에게 심어주기 위해 노력하셨다. 그리고 그러한 삶의 본을 보이시기 위해 주위에 감사의 뜻을 전할 사람들이 있으면 언제나 카드나 편지로 마음을 표현하시는 것을 보여주셨다. 아무리 작은 선물을 받더라도 고마움을 표현하는 훈련, 그것은 사람을 얻는 훈련이다.

전광 목사님의 말처럼, "감사한다고 당장 환경이 바뀌는 것은 아니다. 그러나 감사할 때 우리 자신이 바뀐다. 우리의 마음이 풍요로워지며, 인생을 보는 시각과 깊이가 달라진다."

어머니는 이야기쟁이

어머니는 이야기쟁이였다. 어릴 적부터 우리에게 수많은 책을 읽어주기도 하셨지만, 당신이 직접 경험한 삶의 이야기들을 그때그때 들려주셨던 기억이 아직도 생생하다. 어쩌면 그것은 어머니의 교육 철학이 아니었는지 모르겠다.

학교에서의 교육도 중요하지만 가정교육, 특히 엄마나 아빠가 직접적으로 참여하는 교육처럼 효과적인 교육도 없다. 어머니에게 어떤 대단한 커리큘럼이 있었던 것은 분명히 아니다. 아니, 특별히 갖춰진 커리큘럼이란 그저 책 몇 권이 전부였던 것으로 기억한다. 하지만 어머니는 무엇보다 자신의 삶 속에 우리가 들어갈 수 있도록 자리를 마련해주셨다.

지금 와서 돌아보면 어머니가 어릴 때부터 들려주신 삶의
이야기들은 나에게 더 없이 좋은 교훈이 되었다. 무엇보다 남
의 이야기를 귀담아 듣는 훈련을 하게 하고, 더 나아가 나의
삶을 관찰하고 이야기 형태로 정리할 수 있는 능력을 키워준
다는 차원에서 그야말로 일석이조가 아닐까 싶다.

요사이 우리는 자녀 교육을 학교와 학원에 맡겨버리는 경
우가 많다. 물론 때때로 '홈스쿨링'에 관심을 갖는 사람들도

만나게 되지만 그렇게 흔한 일은 아니다. 각각의 환경이나 자녀의 특성에 맞는 교육을 선택하는 것도 중요하지만 우리 자녀들을 일방적으로 맡기고 방치해두는 방관적인 형태를 취하는 것보다는 좀 더 적극적으로 내 자녀에게 내가 직접 가르칠 수 있는 것은 무엇이 있을까 고민하는 자세가 필요하지 않나 싶다.

어떤 형태로든 부모가 자녀들의 교육에 관여하고 참여할 때 아이들은 보다 균형 있는 교육을 경험할 수 있고, 부모의 삶을 아이들과 진솔하게 나눌 때 아이들은 남의 삶을 관찰하는 법이나 경청하는 법을 가장 잘 배우게 되는 것이다.

나는 교회에서 목회를 하는 목사로서 일주일에 한 번 이상은 어김없이 설교를 한다. 하지만 내 설교 스타일이 있다면 그것은 '이야기 중심'이라는 것이다. 거기에는 분명히 목사인 아버지의 영향도 있지만, 어릴 때부터 우리에게 수많은 이야기를 들려주신 어머니의 영향이 크다는 것을 인정하지 않을 수 없다.

알고 보면 우리의 삶은 이야기의 연속이라고 할 수 있다. 아니 어쩌면 처음부터 끝까지 한 편의 영화와도 같다고 할 수 있다. 그만큼 우리 삶의 이야기에는 시작이 있고, 끝이 있고 굴곡이 있기 마련이다. 거기에는 높은 산봉우리도 있고 깊은 계곡도 있다. 기쁨도 있고 슬픔도 있다. 그늘도 있고 밝은 햇살도 있다. 결국 그 삶의 자리와 이야기 속으로 우리 자녀들을 초대할 때, 자녀들도 자신의 이야기와 그 의미를 스스로 발견할 수 있게 되는 것이 아닐까 싶다. 그리고 그것이야말로 우리가 자녀들에게 줄 수 있는 가장 값진 선물, 가장 값진 유산이 될 수 있는 것이다.

세상에서 가장 좋은 학교는 어머니의 무릎이다. 어머니의 무릎에 앉아 어머니의 이야기를 들으며 자란 아이와 어릴 때부터 학원을 다니고 과외를 받으며 자란 아이를 비교하는 것은 불가능하다. 학원을 다니고, 과외를 받으며 자란 아이가 공부는 좀 더 잘할지도 모른다. 그러나 그 아이가 어머니의 무릎을 베고 어머니의 이야기를 들으며 자란 아이보다 신체적, 정신적, 정서적 면에서 더 뛰어날 수는 없다. 세상에서 가장 좋은 교과서는 그 부모의 삶이기 때문이다. 부모의 삶이 이야기해주는 스토리텔링보다 더 나은 교육은 있을 수 없다.

오늘부터라도 자녀를 무릎에 앉혀놓고 책을 읽어주거나, 부모의 어릴 적 이야기라도 들려줘보자. 만약 들려줄 이야기가 마땅치 않다면 아이의 이야기를 그냥 들어주는 것도 괜찮다. 가장 중요한 것은 아이와 서로 이야기를 '나누는' 것이므로.

'듣는다'는 것의 진정한 의미

언제나 그렇듯 상대방의 이야기를 들어주기보다는 나의 사정을 늘어놓는 것이 더 쉽다. 대체로 사람들은 상대방의 이야기를 들을 때에도 그 이야기를 귀담아 듣기보다는 다음에 내가 할 이야기들을 더 먼저 머리에 떠올린다. 그만큼 듣는 훈련이 덜 되어 있는 것이다.

그러나 어머니는 언제나 말하는 쪽보다는 들어주는 쪽에 더 익숙하셨다. 하지만 우리에게 입은 하나 있는데 귀는 두 개인 것은, 한 번 말할 때 두 번 들으라는 의미라고 한다. 말하기보다 듣기를 더 많이 하라는 뜻이다.

듣는 것은 누구에게나 가능하다. 어떻게 생각하면 듣기보다 더 쉬운 일은 없다. 그러나 반대로, 세상에서 듣기보다 더 어려운 일도 없다. 남의 이야기를 들어줄 내 마음의 여유가 없다면 남의 이야기를 들어주는 것은 그만큼 고통스럽게 느껴지기 때문이다.

사실, 말이 많은 사람들을 자세히 살펴보면 그만큼 할 말이 많고 한이 많아서 말이 많은 것도 있지만 때로는 듣는 것이 훈련되지 않아서 말이 많은 경우도 있다. 사람과 사람 사이에 말이 끊어지는 잠시의 정적을 참는 것이 두려워, 말이 끊어지기 전에 쉴 새 없이 말을 쏟아내기도 한다. 대부분의 사람들이 이런 경험 한두 번쯤은 있을 것이다.

한자의 '들을 청(聽)'자를 자세히 살펴보면, 그 속에서 우리는 다섯 가지 의미가 담겨 있는 것을 확인할 수 있다. 가장 기본적인 '귀 이(耳)'자는 우리가 신체적으로 귀를 통해 상대방의 말을 들을 수 있다는 뜻이다. '눈 목(目)'자는 평소에 우리가 귀로만 듣는 것이 아니라 눈을 통해서도 상대방의 이야기를 들을 수 있다는 의미다. 더 나아가 '한 일(一)'자는 한 가지로 집중해서 듣는 것이 진정으로 듣는 것이란 뜻이고, '마음 심(心)'자는 온 맘을 다해 들을 때 비로소 귀담아 들을 수 있다는 뜻이다. 그리고 마지막으로 '임금 왕(王)'자는 상대방의 말을 마치 임금이 건네는 말처럼 정성을 다하는 자세로 들을 때 완전하게 들을 수 있다는 의미이다.

그만큼 '듣는다'는 것에는 눈과 귀와 마음을 하나로 기울여 임금의 말을 듣는 듯이 최선을 다한다는 의미가 숨어 있다.

어머니는 약 십여 년 전에 작은 커피숍을 오픈하셨다. 그 커피숍은 사실 생계를 위한 수단이라기보다는 어머니가 이 사람 저 사람의 이야기를 들어주기 위한 공간으로 삼고자 여신 것이다. 어머니의 그런 숨은 뜻대로, 결국 커피숍은 상담을 위해 찾아오는 사람들이 늘어나면서 누구나 부담 없이 어머니와 대화를 나눌 수 있는 공간이 되었다.

어머니는 커피를 만드시고 과자나 빵, 그리고 파이를 굽는 일에 바쁘신 관계로 서서 일하는 시간이 많다. 앉아서 대화하는 시간보다 음식을 정성스레 만드는 일에 많은 시간을 쏟아부으시는 것이 사실이지만 어머니와 같이 잠시라도 대화를 나누고 싶은 사람이 있다면 어머니는 언제든지 하던 일을 멈추고 상대방의 이야기를 들어주신다. 그런 어머니의 노력과

정성 덕분에 커피숍은 누구나 환영받는 대화의 자리로 여전히 자리 잡고 있다.

물론 상대방의 이야기를 경청하기 위해 커피숍을 운영해야만 하는 것은 분명 아니다. 왜냐하면 커피숍이 생기기 전부터 엄마를 찾아와 상담을 요청하는 사람들의 발걸음은 끊인 적이 없었기 때문이다. 중요한 것은 앞서 말한 것처럼 남의 이야기를 귀담아 들어주는 태도와, 그 이야기를 마음으로 받아들여줄 만한 여유가 과연 있느냐이다. 그런 마음가짐이 없이는 커피숍 100개를 소유하고 고객이 1,000명이 넘더라도 대화다운 대화 한 번 제대로 나누지 못할 수도 있다. 하지만 남의 상황과 사연에 조금만 관심을 갖고 귀를 기울여본다면 우리가 어디에 있든지 상대방을 초대할 수 있는 대화의 공간은 얼마든지 있게 마련이다.

듣는다는 것은 눈과 귀와 마음을 하나로 해서 상대방의 이야기를 받아들이는 것이다. 이야기만 받아들이는 것이 아니라, 상대방의 마음을 받아들일 때 상대방도 마음의 문을 연다. 듣는다는 것은 언제나 열려 있는 내 집의 문과 같으며, 그 집을 들어오고자 하는 사람에게 마음의 열쇠를 맡기는 일이다.

어머니의 파이 가게

    어머니는 쿠키와 파이를 굽는 일에 달인이다. 어머니의 이러한 재능은 내가 잠시만 방심해도 쉽게 살이 찌는 대표적인 원인 중 하나이기도 하다. 그런데 어머니가 파이 가게를 운영하시는 모습을 지켜보면서 내가 배우게 되는 교훈들이 결코 적지 않다.

    어머니는 쿠키나 파이를 만들기 위해서 무척 부지런히 움직이신다. 누구보다 일찍 나와서 반죽을 준비해야 하기 때문이다. 제 시간에 쿠키나 파이를 구우려면 먼저 반죽을 해야 하는데 그것도 정성껏 '잘' 해야 된다. 반죽이 완성되면 그 내용물을 뜨겁게 데워진 오븐에 넣고 약 15분간 구우면 입안에서 살살 녹는, 말 그대로 '둘이 먹다 하나가 죽어도 모르는' 환상의 쿠키가 완성된다.

그런데 어머니는 하루 종일 반죽만 하지 않는다. 좋은 쿠키를 만들기 위해서는 반죽도 중요하고, 과자를 굽는 과정도 중요하다. 그러나 더 중요한 과정이 남아 있다. 바로 기다림의 시간이다.

좋은 쿠키를 만들기 위해 어머니는 파이 가게에서 일하는 시간의 대부분을 서서 일하면서 보낸다. 그런데 그 바쁜 와중

에서 어머니는 중간 중간에 의자에 앉는다. 그리고 기다린다. 잠시 숨을 돌리며 쉬기 위해 앉는 것도 있겠지만, 그 시간에 어머니는 의자에 앉아서 쿠키와 파이의 맛을 보고, 빵의 맛을 확인한다. 왜 그럴까?

50년이 넘도록 파이와 쿠키를 만들어오셨고, 그것에 대한 책까지 집필하셨을 정도의 프로이시지만, 그런 프로마저도 간간히 멈추어서 쿠키와 파이의 맛을 확인하는 것이다. 그러고 나서는 파이와 쿠키가 정확하게 구워질 때까지 기다리는 수고를 결코 건너뛰지 않는다. 기다림 없이 파이나 쿠키는 제 맛을 낼 수가 없기 때문이다.

그렇다. 어머니가 만드는 파이와 쿠키가 남다른 맛을 내는 가장 특별한 비결은 '기다림'에 있다. 우리에게 어떤 창조적인 아이디어가 나오고, 거기에 따른 결과물이 나오기까지는 반드시 앉아서 맛을 보는 시간이 필요하다. 하다못해, 우리가 매일 먹는 밥을 지을 때도 밥이 다 된 후에 잠시 뜸을 들이는 시간을 가져야 좋은 밥맛이 나온다는 것은 주부들에겐 상식이다. 맛있는 밥을 위해, 맛있는 쿠키를 위해 우리는 반드시 기다려야만 한다. 아무리 급하다고 해도 뜸을 들이는 시간 없이 좋은 밥맛이 나올 수 없듯이, 모든 일에는 기다림의 시간이 필요하다.

급하다고, 까짓 거 대충대충 하자고, 더 빨리 더 많이 만들자고 기다림의 과정을 함부로 건너뛴다면 결코 맛있는 쿠키는 만들어지지 않는다. 한낱 쿠키 만드는 일이 이럴진대, 우리가 살아가는 인생이야 말할 것이 무엇이겠는가.

잠시 내 이야기를 접고 상대방의 이야기를 들어보는 순간, 화를 삭이고 나 자신을 반성해보는 순간, 그리고 바쁜 일상에서 모든 일을 내려놓고 잠시 휴식하는 순간……. 인생에도 이런 '잠시 기다림'의 순간들이 필요하다.

나는 오늘도 잠시 모든 일을 내려놓고, 이 세상을 창조한 창조자를 생각하며, 내가 살아가는 이 세계가 얼마나 아름다운 것들로 가득 차 있는가를 생각한다. 그리고 이런 기다림의 순간들을 통해 내 인생이 좀 더 맛있게 익어가기를 기다린다.

성경 읽기와 묵상과 기도

어머니는 초저녁잠이 많으신 반면에 새벽 서너 시만 되면 일어나시는 아침형 인간이시다. 그 시간에 어머니가 가장 먼저 하시는 일은 집 안에 조용한 공간을 찾아 혼자 기도를 하거나 성경을 읽는 것이다. 어쩌면 그 시간이 어머니의 하루 일상 중에서 유일하게 혼자만의 시간인지도 모르겠다. 나머지 시간들은 사람들로, 그리고 파이나 쿠키를 굽는 일로 가득 채워지기 때문이다.

나도 그런 어머니의 영향을 받아서인지, 아침 일찍부터 일어나는 것이 습관이 되어버렸다. 그렇게 일찍 일어나는 습관이 지금은 얼마나 소중하게 느껴지는지 모르겠다. 따스한 차한 잔과 함께 하루를 혼자 묵상하며 시작하는 것은 매일매일쫓기다시피 일어나 분주하게 집을 나서는 것과는 질적인 차이가 있다. 물론 체질적으로 아침보다 늦은 밤이 더 활동적인사람들에게도 똑같이 적용될 수는 없겠지만, 적어도 나에겐그렇다.

그 아침 시간을 빌어 나는 보통 짧은 일기를 쓴다. 어머니처럼 기도와 성경 읽기로 시작을 한 뒤 그날의 묵상을 통해 느끼거나 배운 것을 간단히 메모하곤 한다. 특별한 내용은 아니지만, 나에게 긴 여운을 남기는 그런 내용의 일기로 남겨지게 되는 것이다. 그러한 일기의 첫 번째 단어를 항상 'Yesterday'로시작하는 사람들도 있다. 그만큼 하루하루를 시작할 때, 어제를 돌아보고 반성한다는 차원에서 일기를 기록한다는 뜻이다.

어떤 방법이든, 각자의 스타일과 형편에 맞는 방식을 찾으면 되겠지만 나는 가능하다면 많은 사람들이 하루하루의 일상 속에서 잠시라도 시간을 쪼개어 고요한 곳을 찾아 하루를시작하거나 마무리하는 시간을 갖게 되기를 바란다. 아무도 없는 곳에서 홀로 하루를 돌아보고 하나님을 바라보는 훈련이야말로 모두에게 적지 않은 힘이 된다고 나는 믿는다.

하루를 신문으로, 혹은 전날 밤에 미처 확인하지 못한 이메일을 확인하며 시작할 수도 있겠지만, 그 시간을 방해받지 않는 나만의 시간과 공간으로 채워보는 습관은 어떨까? 하루의 시작만큼은 다른 사람들의 소식이나 다른 어떤 것에도 방해받지 않고 혼자만의 시간을 갖는 것이 필요하지 않을까?

어머니에게 성경 읽기나 묵상, 기도는 단순히 종교적인 행위에 그치는 것이 아니다. 무엇보다 성경 말씀에 자신을 정기적으로 비추어 자신의 연약함과 부족함을 하나님께 아뢰고 그분을 의지하며 하루하루 살겠다는 삶의 고백이 그 속에 고스란히 배어 있다. 어머니는 당신의 삶 전체에 매순간마다 하나님을 초대하려고 새벽마다 의지를 기울여 노력하고 계신다. 그리고 그런 노력이 이제는 습관이 되고 생활이 되어, 어머니의 삶으로, 어머니의 성품으로 매순간 흘러나오고 있다.

삶을 통해 보여주는 신앙

교회 생활과 신앙생활에는 분명한 차이가 있음에도 불구하고 교회 생활을 신앙생활로 착각하는 경우는 적지 않다. 신앙생활과 교회 생활의 차이를 어떻게 설명할 수 있을까? 교회 생활이란 교회에서 내가 보여주는 모습, 교회 안에서의 내 생활이다. 그러나 신앙생활은 아무도 보는 사람이 없을 때의 내 모습이다. 진정한 신앙생활은 교회 안에서의 모습도 중요하지만 교회 밖에서의 내 삶의 모습이다. 그래서 "진정한 의미의 예배란 교회에서 예배를 드린 후 집으로 돌아가는 길에서부터 시작된다"고 말하기도 한다. 다시 말해, 진정한 예배나 신앙은 말이 아니라 삶인 것이다. 삶으로 표현될 때 그것이 곧 살아 있는 예배요, 살아 있는 신앙이다.

공기는 눈에 보이지 않지만 우리의 생명을 연장시켜주고 식물이 자랄 수 있도록 양분을 공급해준다. 어머니의 삶은 요란하게 드러나지 않지만, 주변 사람들에게 유익을 주는 삶이라고 나는 생각한다. 자신의 신앙생활을 나타내지 않으려고 노력하시지만, 우리는 그 속에서 어머니의 신앙을, 그리고 어머니 안에 살아 계신 하나님을 어렴풋이나마 보게 되고 경험하게 된다.

이근미 작가는 《사랑이 부푸는 파이가게》에서 누나가 예전에 엄마에 대해서 쓴 글을 다음과 같이 기록했다.

어머니는 늘 삶을 통해서 깨닫고 느끼게 하셨죠. 많은 부모가 목표 달성을 강요했지만 어머니는 우리에게 가치관을 전하는 걸 중요시하셨어요. …… 어머니의 뚜렷한 가치관 중의 하나는 하나님만으로 충분하다는 것이었어요. …… 설교를 통해 마음을 감화시키는 일은 아빠가 잘 하시지만, 본을 보여 삶을 변화하게 하는 엄마는 나에게 영감을 주고, 그런 엄마를 닮고 싶은 것이 저의 마음입니다.

신앙을 삶으로 표현하는 것은 어쩌면 가장 어려운 일이 아닐까 싶다. 그런데 가장 어렵게 느껴지는 그것이 왜 어머니에겐 마냥 자연스럽고 쉬워 보이는 것일까? 아무래도 나는 여전히 갈 길이 멀었나 보다. 말로서의 신앙이 아닌 삶으로서의 신앙, 삶을 통해 보여주는 신앙, 그것이 내가 배우고 싶은 신앙이다.

말은 적게, 행동으로 먼저

어머니의 삶을 관찰해보면 말은 최대한 아끼는 대신 행동으로 먼저 보여주시는 모습을 쉽게 엿볼 수 있다. 다른 사람들의 생각과 이야기를 먼저 들어주시고, 어떤 답을 주기보다는 스스로가 깨닫고 배우기를 조용히 기다려주는 것 역시 어머니의 대표적인 특징이라고 할 수 있다. 그만큼 자신을 드러내지 않으려고 애쓰는 어머니의 모습을 통해 나는 지금도 적지 않은 도전을 받곤 한다.

절대로 말이 먼저 앞서지 않고, 하신 말씀에 대해서는 조용히 그것을 행하며, 궂은일 또한 마다하지 않는 그 모습, 그리고 자신이 한 일에 대하여 공치사가 없는 모습, 어떤 일을 할 때 내가 한 일에 대해 은근히 남들이 알아주길 바라는 나의 어리석음에 어머니의 삶은 내 귓전에 작은 목소리로 속삭인다.

그런 이유에서인지 어머니 곁에서 오랜 동안 함께 일해온 선생님 중 한 분은 어머니를 보면 〈소원〉이라는 CCM이 떠오른다고 하셨다. 그 노래의 일부를 소개한다.

저 높이 솟은 산이 되기보다
여기 오름직한 동산이 되길
내 가는 길만 비추기보다는
누군가의 길을 비춰준다면
내가 노래하듯이 또 내가 얘기하듯이 살길
난 그렇게 죽기 원하네.

우리 주변을 돌아보면 높이 솟은 산이 되길 희망하는 사람은 많아도, 위의 노랫말처럼 남들이 편하게 오를 수 있는 오름직한 동산이 되길 희망하는 사람은 많지 않은 것이 현실이다. 또한 내가 누군가의 길을 비추기보다는 누군가 내가 가는 길을 비춰주기만을 바란다.

학교의 또 다른 선생님에 따르면, 대부분의 사람들은 어느 정도의 시간과 경험이 많아질수록 "옛날에는 내가 말이 야……" 하면서 자신에 대한 이야기나 자랑거리 늘어놓기를 즐거워하지만 어머니는 전혀 그렇지 않으시다고 하신다. 아 니 심지어는 선생님들의 개인적인 문제까지도 잠잠히 들어주 고, 어떤 실수로 일이 잘못 처리되었을 때 누가 무엇 때문에 그런 일을 했는가보다는 그 일이 수습되는 과정과 그 과정을 통한 배움에 더 많은 가치를 두고 옆에서 조용히 지켜봐주었 다고 한다.

말을 아낀다는 것, 이것은 보통 어려운 일이 아니다. 행동 으로 먼저 보여준다는 것, 그것은 어쩌면 더 어려운 일이다. 말을 아끼는 것은 누구나 인간은 연약하다는 것을 아는 것이 다. 또한 그 허물을 덮어줄 수 있는 아량과 겸손이 있어야만 가능한 일이다. 행동으로 먼저 보여준다는 것은 자기 자신에 대한 신뢰와 다른 사람들에 대한 신뢰, 나아가 사람들은 몰라 줘도 하나님만은 아신다는 절대자에 대한 전적인 신뢰가 없으면 불가능한 일이다.

조그마한 오해에도 쉽게 속상해하고, 그러다 보니 저절로 말이 많아지고 불평이 많아지고, 남이 쉽게 알아주지 않으니 자기 스스로 말이 쉽게 앞서버리는 것이 우리의 연약한 인생살이가 아닌가.

그래서 나는 오늘도 기도한다. 그리고 기대한다. 어머니처럼 행동으로 보여주고, 최대한 말을 아끼는 사람이 되길 말이다. 말은 적게, 행동으로 먼저.

기다림의 미학

어머니의 특기(?) 중에 하나는 기다려주는 것이 아닌가 싶다. 아니, 사실은 기다림은 모든 어머니들의 특기라고 할 수도 있지 않을까? 자녀들이 말썽을 피우고 고집을 부려도 엄마는 인내하며 기다려준다. 하지만 기다려주는 일은 결코 쉽지 않다. 물론 우리네 아빠들보다는 엄마들의 인내력이 더 많은 것만큼은 사실이다. 그런 이유에서 자녀를 잉태하는 것이 여성들의 차지가 되지 않았나 싶다.

"개구쟁이 7살. 엄청 연상녀와 귀(?) 막힌 동거를 시작한다."

이 문구는 〈집으로〉라는 영화 포스터의 문구다. 〈집으로〉는 한 소년이 엄마와 떨어져 산골에 사는 외할머니 댁에서 살면서 일어나는 평범하면서도 감동적인 이야기이다. 철없는 소년을 말없이(?) 바라보며 기다려주는 할머니, 자신을 위해서는 쓰지 못하는 것들을 아낌없이 꺼내어놓는 할머니, 말이 안 통하는 일곱 살 손자와의 대화를 행동 하나하나로 이어가는 할머니…….

어쩌면 그런 할머니의 모습을 바라보며 일종의 답답함을 느낄 수도 있다. 하지만 할머니의 그런 모습을 통해 개구쟁이 소년은 조금씩 자신의 마음을 열게 된다. 할머니와 말은 통하지 않지만 마음만은 끝내 통하게 되는 셈이랄까? 하지만 그렇게 대화가 가능할 수 있었던 것은 그만큼 할머니가 인내하며 기다려주었기 때문이다. 기다림의 수고와 고통이 없이는 마음과 마음이 이어지는 관계는 오래 전에 포기하고 말았을 것이다.

어머니를 가까이에서 지켜본 사람들 중에는 영화 속의 할머니와 어머니가 많이 흡사하다는 얘기를 하는 사람들도 있다. 기다림은 저절로 이루어지지 않는다. 오히려 연습과 훈련을 통해 서서히, 아주 서서히 기다림의 원리를 터득하는 것이다.

어머니는 평소에 우리에게 인내심과 기다림을 가장 잘 모델링해주는 선생님이라고 나는 감히 말하고 싶다. 그리고 그 어머니의 '기다림의 미학'을 나도 조금씩 배울 수 있기를 간절히 바라고 희망할 뿐이다. 물론 많은 연습과 훈련이 요구되겠지만, 기다려주는 것처럼 적극적인(?) 사랑이 과연 또 있겠는가.

몇 해 전에 출간했던《목사님 오늘도 청바지 입으셨네요》의 마지막 장에 이미 나의 '가출 사건'을 소개한 적이 있지만, 나는 12살 나이에 가출을 해본 경험이 있다. 그때, 가출한 나를 조용히 기다려준 어머니와 아버지의 사랑이야말로 나로 하여금 기다리는 사랑이 어떤 것인지 경험할 수 있도록 도와준 원동력이다.

우리가 살아가는 현대 사회는 묵묵히 기다려줘야 할 사람들로 차고 넘친다고 해도 과언이 아닐 것이다. 이유야 어떻든 예전의 나처럼 집을 뛰쳐나간 십대 소년이 지금도 이 세상 어느 한 구석에 있을 것이다. 아니, 어쩌면 우리 주변에는 집을 뛰쳐나간 어른이 있을 수도 있다. 하지만 가출한 누군가가 있다면 그 반대편에는 그 사람이 무사히, 그리고 속히 돌아오길 고대하고 기다리는 누군가가 있기 마련이다. 그 기다림의 과정은 고통스러움 자체지만 바로 그들이야말로 이 세상에서 가장 아름다운 사람들 아니겠는가.

《가슴 아픈 소리를 내는 사람들의 행복》이라는 책에서 지은이는 다음과 같이 이야기하고 있다.

인생에서 승리하는 가장 큰 자질은 마음가짐이다. 마음가짐에서 가장 중요한 것은 끈기다. 끈기는 인내하는 것이다. 참는 것이다. 버티는 것이다. 뒤로 물러서지 않는 것이다. 어떤 어려움이 있어도 주저앉지 않는 것이다. 끈기란 시련과 어려움을 피하지 않고 계속해서 참고 견디는 것이다.

내가 아는 어느 후배는 대학에 여섯 번 떨어져 결국엔 칠수를 한 경험이 있다. 하지만 결국엔 합격을 했다. 헬렌 켈러는 '물water'이란 단어 하나를 배우고 표현하기까지 자그마치 7년이란 시간이 걸렸다고 한다. 그 긴 시간 동안 헬렌 켈러의 스승 설리번Anne sullivan, 1866~1936 선생은 기다리고 또 기다리며 인내했다. 또한 베토벤Ludwig van Beethoven, 1770~1827은 청각 장애를 갖고 있었다. 하지만 그의 인내는 어느 누구보다도 훌륭한 음악을 우리에게 남겨 주지 않았는가? 미국 역사상 가장 위대한 대통령으로 손꼽히는 링컨Abraham Lincoln, 1809~1865은 수차례 넘어지고 실패했다. 당선된 숫자보다 더 많은 숫자를 낙선하고 또 낙선했다. 그리고 그 모든 와중에 자녀를 잃게 되는 아픔까지 견뎌야만 했다.

《지선아, 사랑해》의 작가 이지선 씨는 꽃다운 나이에 예상치 못한 교통사고로 인해 전신화상을 입는 불행을 겪었다. 하지만 말할 수 없는 고통과 시련을 이겨내고 글과 강연으로 많은 사람들에게 도전 정신과 희망을 주고 있다. 헨리 포드^{Henry Ford, 1863~1947}는 자동차 업계에 처음 발을 들여놓은 이후로 두 번이나 파산한 경험이 있으며, 농구 황제라고 불리는 마이클 조던^{Michael Jordan, 1963~}은 고등학교 시절에 농구부에서 쫓겨난 경험이 있다. 베를린 대학교는 비현실적이라는 이유로 아인슈타인^{Albert Einstein, 1879~1955}의 논문을 통과시키지 않았다고 한다. 우리 어머니는 미국인으로 한글을 배우기 위해 온갖 놀림을 당하면서 중학생들 사이에서 한국어 공부를 하셨다.

위의 모든 인물들에게서 찾아볼 수 있는 공통점이 있다면 그것은 '환경에 지배받지 않는 인내'라고 할 수 있다. 그리고 자신들이 목표로 한 것을 성취할 때까지 기다린 '기다림의 미학'이라고 할 수 있다.

현대인이 가장 경계해야 할 병 중의 병이 바로 '조급병'이라고 한다. 버섯은 6시간 만에도 자라고 호박은 6개월이면 자라는 반면, 참나무가 자라는 데는 6년이란 세월이 걸린다. 제대로 된 모습을 갖추는 데는 수백 년도 더 걸릴 수 있다고 한다.

우리 시대에 꼭 회복해야 할 습관이 있다면 그것은 바로 기다리는 습관이다.

작은 것 하나부터 절약하는 습관

　어머니가 운영하시는 파이 가게와 커피숍은 언제나 손님들로 시끌시끌하다. 커피나 쿠키를 주문하는 소리, 오랜만에 친구를 만난 감격에 큰 목소리로 수다 떠는 아주머니들, 더위를 식히기 위해 음료수나 슬러시를 주문하는 학생들, 커피를 내리는 기계 소리나 슬러시를 만들어내는 기계 소리 등으로 늘 왁자지껄하다.

　그 많은 소리와 소음 속에서도 현명한 관찰자들은 그 이상의 것들을 '듣고' 배우고 삶에 적용하려 애쓰는 모양이다. 어머니가 여기저기 강의도 많이 나가시고 방송에도 나가시면서 나름대로는 유명인이 되시다 보니 어머니도 뵐 겸, 파이 만드는 것도 배울 겸, 어머니의 일거수일투족을 살펴보는 관찰자들이 제법 있다.

하루는 그러한 관찰자 중에 한 사람이 이야기하기를, 어머니가 파이를 만들기 위해 계란을 깨뜨려 그릇에 떨어뜨리는 모습을 통해 소중한 교훈을 배웠다고 한다. 그것은 계란 껍질에 남아 있는 흰자위를 손가락으로 모두 긁어모아서 신중하게 마지막 한 방울까지 그릇에 모으는 어머니의 모습 때문이었다. 물론 옆에서 같이 일하는 사람들은 늘 보는 모습이기에 그렇게 대수롭지 않게 보아 넘긴 일이었다. 하지만 손짓 하나라도 지켜보면서 뭔가를 배우고자 했던 그분의 눈에는 남들이 놓치고 지나간 그것이 보였던 모양이다.

생활 속의 지극히 작고 작은 부분이라도 끝까지 아끼고 절약하는 어머니의 모습은 오늘처럼 낭비가 많은 우리 사회에서 중요한 교훈이 되기도 한다.

파이 가게나 커피숍은 여전히 손님들로 붐벼 한가한 날이 없고 언제나 해맑은 어린이들의 웃음소리와 학부형들의 이야기꽃으로 조용한 날이 거의 없다. 오늘도 여전히 파이를 만드는 방법을 배우고 견학하기 위해 오거나, 부엌에서 조용히 일하는 어머니를 구경(?)하거나 관찰하기 위해서 오시는 분들도 있다. 무언가를 배우고자 하는 분은 꼭 배워야 할 것들은 스스로 찾아서 배워가는 것 같다. 배움에선 배우려고 하는 열린 자세가 가장 중요하다는 것을 새삼스럽게 생각하게 된다.

달걀 안에 남아 있는 한 방울이라도 아끼려는 어머니의 절약 습관. 티끌 모아 태산이라는 속담도 있듯이, 작은 것부터 절약하는 습관과 훈련이야말로 우리가 자녀들에게 남겨주어야 할 가장 소중한 유산이 아닐까 싶다. 종이 한 장이라도 아무렇게나 그냥 구겨버리지 않고, 심지어는 계란 속의 흰자위까지도 아끼는 절약처럼, 작은 것부터 실천하는 문화를 오늘도 꿈꿔본다.

200년 넘은 은행나무 같은 어머니

진정으로 가치 있는 인생을 어떻게 정의할 수 있을까? 제각기 기준이 다르겠지만, 과연 어떤 삶이 가장 가치 있거나 성공적이라고 할 수 있을까? 물질이 풍요로운 삶? 인기가 치솟는 삶? 자녀들에게 인정받는 삶? 할 일이 넘치는 삶? 일정한 사회적 궤도에 도달한 삶? 언제나 건강한 삶?

스위스의 어느 한 노인이 80세를 맞아 자신이 살아온 인생을 돌이켜 보고 자신이 사용한 시간에 대한 통계를 만들었다고 한다. 그의 80년은 대개 다음과 같이 소비되었다.

약 26년 동안 잠을 잤고, 21년 동안을 노동에 바쳤다. 먹는

데 사용한 시간이 6년, 남이 약속을 지키지 않아 기다리거나 낭비한 시간이 무려 5년, 수염을 깎고 세면을 하는 것에 228일, 아이들과 노는 것에는 26일을 썼다고 한다. 넥타이를 매는 데 약 18일이 걸렸고, 담뱃불을 붙이는 데에는 12일 가량이 소모되었다. 그가 마음속에 행복을 누렸던 가장 기쁜 시간들을 찾고 찾아보았지만 그것은 겨우 46시간에 불과했다.

자신이 살아온 모든 생애를 이렇게 구체적인 시간으로 계산해본 뒤에야 노인은 비로소 자신의 인생을 가장 소중한 일에 투자하지 않았던 것을 후회했다. 인생은 너무나 짧다. 그렇기 때문에 그만큼 시간을 아끼면서 살며 후회 없는 인생을 살아야 한다는 것을 노인의 일생은 가르쳐주고 있다.

분주하고 바쁘게 살아갈 때 우리는 분명 중요한 무엇인가를 잃게 될 확률이 높다. 물론 바쁜 것도 그 나름대로 이유가 있고 가치가 있을 것이다. 하지만 바쁘면 바쁠수록 사람들 사이에 있을 법한 삶의 여유는 그만큼 느껴보기 어렵게 된다.

과장된 표현일 수도 있겠지만, 현대 사회는 이상하리만큼 바쁜 척하며 살아야만 정상적인 사람으로 평가되며 대우받는 사회인 것 같다. 그런 이유 때문인지 아무리 할 일이 없어도 나의 '이미지 관리'를 위해 주위 사람들의 눈치를 살피는 데 어지간히 바쁘다. '바쁜 척'하기에 바쁘다고나 할까? 내가 무척 바쁘고 시간이 없는 사람처럼 보여야 남들이 나를 좀 더 중요한 사람으로 알아주기 때문이다. 이보다 더 알쏭달쏭한 모순 덩어리가 어디 있겠는가?

사회적인 영향 탓인지 평소에 급한 성향이 아닐지라도 우리는 심리적으로나마 바쁘게 움직여야 한다는 부담감이 있다. 그래야만 비로소 남들에게 인정받을 수 있다고 믿기 때문이다. 그렇지 않으면 불안감에 사로잡히는 것이 우리의 현주소다.

이와 같은 현대인들에게 우리 어머니는 그저 편하게 숨을 돌릴 수 있는 여유를 선물해주는 사람이라고 말하고 싶다. 어느 때나, 누구든지 함께 커피를 마시며 대화를 나눌 수 있는 여유를 가진 마음의 소유자, 그것이 바로 어머니의 모습이기 때문이다.

그렇다. 늘 다람쥐 쳇바퀴 돌듯 반복되는 삶 속에, 혹은 오랜 시간을 달리는 긴 마라톤과 같은 인생의 경주를 해야만 하는 우리들에게 어머니는 삶의 여유를 선물해주신다. 그래서 누군가는 어머니를 200년이 넘은 은행나무와도 같다고 한다. 어머니 곁을 찾는 사람들이 잠시나마 쉴 수 있도록 편안함과 그늘을 제공해주는 아름다운 고목처럼 말이다.

쉼이 필요하면 거기에 기대어서 잔잔히 시대를 느껴보고픈 고목처럼, 언제나 자리를 지키는 우리 어머니.

인생은 미완성

어머니가 즐겨 부르는 유행가 중에는 〈인생은 미완성〉이란 노래가 있다. 그 노랫말에는 "인생은 미완성이요, 사랑도 미완성"이란 대목이 있다. 마치 "네 자신을 알라"는 소크라테스 Socrates, BC 469~399의 말처럼, 어머니는 인생을 가장 정직하게 바라보려고 노력하신 것 같다.

우리가 사는 환경이나 상황, 등의 모든 것들이 결코 이상적이지 않을지라도 행복은 마음의 상태이지 환경의 영향만은 아닌 것처럼 말이다. 그만큼 지금의 나를 정직하게 받아들일 때 결국엔 미래의 나를 겸손하게 만들어갈 수 있는 것이다.

사람 사는 세상은 크고 작은 한계가 많기 마련이다. 제 아무리 똑똑해도 세상을 통제할 수 있는 사람은 결코 없다. 하지만 내가 있는 삶의 자리가 완전하거나 완벽하지 않더라도 그 세상이 좀 더 발전적이고 가치 있는 세상이 될 수 있도록 우리 자신을 내어줄 수는 있다.

그렇게 어머니는 우리 자신이 있는 삶의 자리에서 각자의 환경을 초월해 내가 처해 있는 환경을 적극적으로 극복하며 긍정적인 변화를 줄 수 있다고 믿으셨고, 그것이 가장 가치 있는 삶이라고 늘 강조하셨다.

어쩌면 어머니는 선교사 신분으로 누구보다도 사람이나 환경이 아닌 절대자를 의지해야 한다는 사실을 품고 계시지 않았나 싶다. 그런 이유에서 어머니에게는 미국인의 경험이나 지식, 혹은 신분이나 문화 등이 중요하지 않았던 것 같다. 오히려 그 모든 것을 내려놓고서라도 새로운 세계와 사람들을 받아들이기 위해 노력하며, 그 속에서 자신의 부족함이나 연약함을 감추기보다는 오히려 솔직히 드러내는 데에 늘 본이 되어주셨다.

자신이 완전하거나 인생이 완벽할 수 있다는 착각 속에 살게 될 경우 우리는 우리의 이웃은 물론 자신까지 속이는 빈껍데기 인생으로 전락할 수도 있다. 어머니가 가장 좋아하시는 노래 〈인생은 미완성〉처럼 우리의 인생은 미완성이란 것을 생각하자. 스스로를 속이지 말고 스스로에게 정직하자.

인생은 하나님이라는 위대한 옹기장이가 빚는 질그릇과도 같다고 성경은 이야기한다. 우리 인생이 어떤 질그릇으로 빚어질지는 아직 아무도 모르는 일이다. 더욱이 어떤 질그릇에는 보석이 채워져서 보석 그릇이 되고, 어떤 그릇에는 거름이 채워져서 거름 그릇이 되듯, 질그릇의 쓰임새는 그 속에 무엇이 채워지는가에 따라 달라지게 마련이다.

우리 인생을 조율하는 위대한 장인이 귀하게 쓸 수 있는 그릇이 되도록 오늘도 나는 내 마음의 질그릇을 깨끗이 비워놓기 위해 기도한다.

어머니의 Life Verse

일평생 마음속 깊이 간직하는 구절을 영어로 'life verse'라고 부르는데, 신앙인에게는 그 사람이 평소에 가장 좋아하는 성경 구절이나 신앙고백을 한 절로 요약하는 것이라고 할 수 있다. 어머니에게는 신약성경의 〈갈라디아서〉 2장 20절 말씀이 바로 그런 구절이다. 그 속엔 다음과 같은 내용이 있다.

내가 그리스도와 함께 십자가에 못 박혔나니 그런즉 이제는 내가 사는 것이 아니요 오직 내 안에 그리스도께서 사시는 것이라. 이제 내가 육체 가운

데 사는 것은 나를 사랑하사 나를 위하여 자기 몸

을 버리신 하나님의 아들을 믿는 믿음 안에서 사

는 것이라.

〈갈라디아서〉 2장 20절은 어머니께서 가장 좋아하시는 구절이고 평생을 함께해온 구절이기도 하지만, 어머니의 믿음의 여정을 가장 잘 표현하고 있는 말씀이기도 하다.

이 말씀은 '십자가 사랑에 나는 영원히 빚진 자'라는 고백이다. 오늘 내가 사는 삶, 그 삶은 내 것이 아니라는 고백, 이것이야 말로 가장 기본적이자 깊이 있는 신앙고백이 아닐까 싶다. 하지만 이러한 고백은 결코 쉽게 할 수 있는 고백이 아니다. 자신을 내려놓고 절대자이신 하나님께 모든 것을 맡기는 자기 비움이 바탕이 되어야 한다. 내가 내 인생을 움켜쥐고 싶고, 그것도 모자라 남의 인생까지 좌지우지하려 드는 우리의 모습을 비추어 볼 때, 어머니의 철저한 하나님 사랑과 하나님 신뢰는 나로 하여금 많은 것을 배우게 하고, 또 느끼게 한다.

그렇다. 한 치 앞도 못 보는 우리의 인생, 이 땅을 살아갈 때 그야말로 순례자의 정신으로 살아간다면 얼마나 좋을까? 우리의 삶이 하나님 손에 달려 있다는 것을 믿는다면 우리의 삶의 무게는 그만큼 가볍고 자유롭게만 느껴질 것을 우리는 왜 자꾸만 움켜쥐려고만 하는지 모르겠다.

우리의 삶이 내가 아닌, 전지자의 손에 달려 있음을 고백하는 믿음, 이것이 바로 참된 믿음의 모습이라고 생각한다. 오늘을 살아가는 나의 Life Verse는 무엇인지, 그리고 나의 Life Verse는 나를 올바로 이끌고 있는지 문득 되돌아본다.

3부

사랑, 그 위대함에 대하여

가장 큰 장애는 편견과 이기심

부모님께서 1959년에 한국에 들어오셨을 때, 50만 원을 주고 1,200평 가까이 되는 시골 땅을 구입하신 적이 있다. 구입 당시에는 농사를 지을 수도 없는, 그야말로 버려진 땅이었다. 하지만 30년가량 지나자 그 땅의 가치는 무섭게 달라졌다.

그래서 늘 교육에 관심이 많으셨던 어머니는 이제 그 땅을 정리하자는 제안을 하셨다. 땅값이 비싼 그 땅을 팔아 좀 더 저렴한 땅을 구해서 대안학교를 설립하려는 꿈을 펼치고자 하신 것이다. 결국 아버지의 동의 아래 그 땅을 팔기로 결정했다. 땅은 비교적 쉽게 팔렸고 땅값으로 40억 원을 받게 되었다. 그런데 땅을 판 돈만으로는 학교를 지을 수 없는 노릇인 까닭에, 일단 학교가 들어설 만한 부지를 물색해 그 땅을 먼저 구매하기로 했다.

어머니는 일반적인 교육에도 관심이 많으셨지만 장애 아동에 관심이 많아 학교가 세워질 경우 반드시 장애 아동을 위한 시설과 프로그램을 갖출 계획이셨다. 그리고 무엇보다 장애 아동과 비장애 아동이 같이 교육을 받는 통합 교육^{cooperative education}을 모델로 삼으셨다.

그런데 문제는 생각지도 않은 곳에서 터졌다. 어머니가 학교에 적합한 부지를 소개받고 이런저런 서류 준비를 할 무렵, 학교가 들어서게 될 동네 주민들이 하나같이 반대를 하고 항의를 하는 것이 아닌가? 어머니를 더욱 놀라게 한 것은 장애 아동들을 위한 교육을 실시한다는 소문을 들은 주민들이 그 일을 환영하기는커녕 하나같이 '땅값이 떨어진다'는 이유로 아우성이었다는 사실이다.

언제나 장애인이나 사회적 약자를 우선하는 미국식 사고방식을 가진 어머니로선, 예전에 그런 말을 한 번도 들어보신 적이 없었기에 너무나 당황스러워하셨다. 장애 아동들을 위한 학교를 설립하면 땅값이 떨어진다는 말을 어머니는 쉽게 납득하지 못하셨을뿐더러 땅값이 떨어진다는 이유로 장애인들을 위한 학교 설립을 반대한다는 사실에 오랫동안 가슴 아파하셨다.

그러나 우리가 살아가는 지구촌에는 이런 모습들만 있는 것은 아니다. 자신들이 스스로 장애 아동들을 돌볼 계획이 있는 것도 아니면서, 땅값이 떨어진다는 어처구니없는 이유로 장애인학교를 반대하는 사람들이 있는가 하면, 그 반대편에는 장애를 가진 아이들을 위해 자신의 삶과 전 재산을 바치겠다는 사람들도 있다.

장애인에 대한 이 극단적인 두 가지의 태도는 안타까울 정도로 대조적이다. 왜 똑같은 장애인들을 두고 이런 정반대의 태도가 생기는 것일까?

우리나라 사람들의 교육열은 널리 알려져 있다. 심지어 미국의 오바마Barack Obama, 1961~ 대통령도 여러 차례 한국의 교육 제도와 한국인의 교육열에 대해 언급할 정도로 한국인의 교육에 대한 열정은 대단하다.

문제는 그 교육열이 '내 아이를 위한' 교육에만 국한된다는 것이다. 안타깝게도 한국 사람들은 내 아이가 아닌 남의 아이 교육에는 관심이 별로 없다. 만약 그 장애 아동이 내 아이였다면 목숨을 걸고 내 아이의 교육을 챙겼을 엄마들이, '내 아이가 아니기 때문에' 다른 장애 아동의 교육에는 땅값이 떨어진다는 이유로 목숨 걸고 반대하는 것이다.

교육은 미래를 위한 투자다. 우리의 미래를 만들어가는 것은 우리의 아이들이다. 모든 아이들에게는 좋은 교육을 받을 권리가 있다. 평등하게 교육받을 권리는 헌법에서도 보장하는 권리다.

세상의 모든 아이들은 우리의 아이들이다. 우리의 아이들이 우리의 미래다. 장애 아동들도 모두 우리의 자녀들이고, 똑같은 여건 속에서 교육을 받을 자격과 권리가 있다. 그래서 선진국일수록 장애를 가진 이들을 위한 배려가 남다른 것이다. 다른 아이보다 부족한 신체적·정신적 장애를 가진 아이들일수록 보통 아이들보다 더 많은 배려와 관심과 지원을 하는 것이 선진국이다.

그래서 우리나라가 개항한 개화기인 1900년대 초기나, 한국전쟁 이후 우리나라를 찾아온 외국인 선교사들은 교회를 세우기 이전에 먼저 병원과 학교, 그리고 고아원을 세웠다. 선교 초기 한국 상황은 친부모가 장애아나 병든 자녀를 외딴 섬에 버리는 경우도 있었다고 한다. 그러나 선교사들은 그 외딴섬까지 찾아가 일평생을 저들과 동고동락했음을 한국의 선교 역사는 증명하고 있다.

우리의 이웃은 멀리 있는 것이 아니다. 우리의 돌봄이 필요한 이웃은 늘 우리 곁에 있다. 우리가 관심을 갖지 않아서 보이지 않을 뿐이다. 우리의 돌봄이 필요한 그들이 바로 우리의 이웃이다. 우리가 돌보아야 할 이웃들을 외면해버린다면, 내가 남의 도움을 필요로 할 때는 나를 돌봐줄 아무런 이웃도 남아 있지 않을 것이다.

장애는 멀리 있는 것이 아니다. 장애는 신체적인 결함이나 정신적인 결함만이 아니다. 가장 큰 장애는 마음의 벽이다. 편견이나 이기심보다 더 큰 장애는 이 세상에 없다.

가장 멀게 느껴진 열 발자국

2006년 늦가을, 어머니가 강연을 위해 뉴욕을 방문하셨을 때의 일이다. 어머니가 갑자기 허리에 심한 통증을 느껴 급히 입원하시게 되었다. 한국을 떠나기 전부터 통증을 느끼셨지만 평생 병원 신세를 한 번도 안 지실 정도로 건강하셨기에 대수롭지 않게 생각하셨던 것이다. 출국 전에 물리치료와 한방 치료 정도만 간간히 받고 떠나셨다가 통증이 심해져 입원을 하게 된 것이다. 다행히 누나가 LA에 살고 있어 힘들지 않게 입원 절차를 밟으실 수 있었다.

하지만 의사 선생님은 진단 결과, 다발성 골수종 multiple myeloᵐᵃ으로 이미 진전이 많이 되어 3기 암이라고 진단했다. 어머니께서 너무 오랫동안 참으신 것 같다는 것이다. 결국 어머니는 곧바로 수술을 받고 한동안 항암 치료와 방사선 치료를 받으셨다.

당시 그 모든 수술 과정이나 치료 과정이 얼마나 길게 느껴졌는지 모른다. 그러나 내가 느낀 시간은 어머니가 느꼈을 그 길고 고통스러운 시간에 비한다면 찰나에 불과할 것이다. 어머니의 시간은 얼마나 더 길게 느껴졌을지 상상하기조차 어렵다.

어머니께서는 그 어려운 과정을 모두 견디시고 성공적으로 수술과 치료를 받으셨다. 하지만 척추의 일부를 절단하는 수술이었기에 그 수술은 걸음걸이에도 영향을 주어 마치 어린 아이가 걸음마를 하듯이 어머니는 걸음걸이를 처음부터 다시 배우게 되었다. 심지어는 승용차에 올라탈 때도 어려움이 많아 병원에서는 가족들에게 어머니가 자동차에 타시는 법부터 다시 가르쳐주었다.

1년이 넘는 치료 기간 동안 어머니는 누나 집에서 머무셨는데 누나의 온 가족은 어머니의 간호 역할을 너무나도 훌륭하게 감당해주었다. 나머지 가족은 한국에 있는 관계로 간간히 어머니를 찾아뵙는 것이 전부였기에 누나 가족에겐 얼마나 미안함과 고마운 마음이 들었는지 모른다.

워낙 먼 거리이기에 자주 찾아뵐 수도 없었지만 찾아봬도 그곳에 오래 있을 수 없어 안부만 전하고 오는 식이었다. 한국으로 돌아오기 위해 공항으로 떠나는 발걸음은 무겁기만 했고 마음은 답답하기 그지없었다. 가까이에 있어도 별 도움이 될 수 없는 일종의 무력감과, 더 오랜 기간을 어머니와 함께 있어드리지 못하는 죄송함 때문이다.

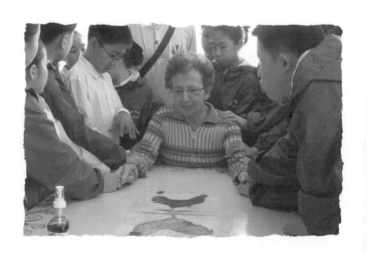

특히, 평소에 걷기를 그렇게 즐기시던 어머니셨는데, 마음껏 걷지 못하는 모습을 보니 한없이 안타깝기만 했다. 예전처럼 다시 걸으실 수 있을지, 어머니와 같이 산책을 할 수 있을지, 이러한 질문들이 내 마음을 채우기 시작하면서 눈물을 참을 수 없었다.

내가 어머니 수발을 마치고 공항을 향해 떠날 때마다 어머니는 어렵게 발걸음을 떼어 문밖까지 가까스로 배웅을 나오셨다. 어머니께 마지막으로 인사를 하고 어머니를 끌어안을 때 뺨을 적시며 흘러내리는 눈물을 숨기느라 혼이 났던 순간이 아직도 기억에 남는다.

그렇게 어머니와 헤어져 자동차에 오르기까지의 몇 발자국은 왜 그토록 고통스럽고 멀게만 느껴졌는지……. 아마도 어머니와 헤어져 발걸음을 옮기던 그 열 발자국이 내 인생에 있어서 가장 힘들고 멀게 느껴졌던 순간이 아닐까 싶다.

돈이 되는 일과 가치 있는 일

지금은 다른 곳으로 이전한 지 오래지만 예전에는 수원교도소가 우리 집에서 불과 걸어서 10분 거리에 위치해 있었다. 근처에 어머님이 사신다는 소문을 듣고 한 번은 어머님을 찾아온 교도소 관계자가 수원교도소의 여자 재소자들을 위해 영어를 가르쳐줄 수 있느냐고 물어왔다.

어머니는 거절을 쉽게 못하는 성품의 소유자이기도 하시지만 언제나 '돈'이 되는 일보다 '가치 있는' 일을 선택하시는 것을 우리는 곁에서 늘 지켜보곤 했다. 결국 교도소의 요청도 기꺼이 승낙하셨다. 뿐만 아니라 그 일을 그때부터 10년 가까이 하셨다. 어머니는 언제나 소외된 이웃을 위한 배려를 조금도 아끼지 않으신다.

어머니가 10년 가까이 수원교도소의 여성 수감자들에게 가르치신 것은 영어와 성경이었는데, 한국말이 익숙하지 못했던 관계로 손짓 발짓까지 다 동원하거나 그림까지 그려가면서 영어를 가르치셨다고 한다. 비록 한때의 잘못으로 감옥에 수감되어 있었지만 새로운 기회가 그들에게 주어지길 간절히 기대하는 마음으로 어머니는 그분들을 매번 찾아가셨다고 한다.

웬만한 사람이라면 그 일이 끔찍해서 못하겠다고 거절할 만한 일도 어머니는 워낙 도전 정신이 강하신 분이라 대부분 승낙하신다. 뿐만 아니라 인간적인 기준으로는 상대가 어떤 끔찍한 사고나 잘못을 저질렀다 해도 어머니는, 사람은 누구나 존경과 사랑을 받아야 할 대상이라고 생각하신다. 어쩌면 이것이 바로 청교도적인 정신이고 선교사다운 마음이기 때문에, 나는 그것이 어머니의 개인적인 성향이라기보다는 어머님이 평소에 갖고 계신 인생관이나 신앙관의 영향이라고 생각을 한다.

우리가 평소에 선택하는 많은 일들은 금전적인 가치나 기준에 따라 선택이 좌우되는 경향이 있다. 하지만 결국 마음이 가지 않는 어떤 일을 단순히 금전적인 이유로 선택했다면 대부분의 경우 그 일을 적당히 해치우거나 도중하차하게 될 확률이 높다. 그만큼 진정으로 가치 있고 중요한 결단일수록 멀리 볼 줄 아는 안목과 훈련이 요구되는 것이다.

세 아이의 아버지이자 한 교회의 목사가 된 나도 가끔씩은 중요한 결단을 내려야 할 때는 늘 고민하고 더 많이 기도하게 된다. 그럴 때마다 늘 생각하는 것 중의 하나는 어머니가 어떤 일을 결단하실 때의 그 모습이다. 어머니라면 어떻게 하셨을까 생각해보면 쉽게 결단이 내려질 때가 있다. 또한 종종 어머님께 조언을 구하는 것은 물론이다.

그런 면에선 어머니와 같은 분을 인생의 스승으로 둔 나는 참 복이 많은 사람이다. 세상의 현실적인 부분들과 신념이 서로 충돌할 때나, 쉽게 결정내릴 수 없을 만큼 여러 가지 많은 변수들을 심사숙고해야 할 때 우리를 아끼고 사랑하는 주변의 어른들이 있다면 한 번쯤은 그들의 조언을 구하는 것도 지혜로운 모습이 아닐까 싶다.

"엄마, 학교에 오지 마!"

철없는 자녀들이 부모의 마음에 상처를 안겨주는 경우는 셀 수 없이 많다. 이것은 만고불변의 법칙이다. 부모가 자녀들로 인해 밤을 지새운 날들이 어디 하루 이틀이겠는가? 자녀들이 어느 정도 철이 들고 나면 뒤늦게 후회를 하지만 그때 후회한들 무슨 소용이 있으랴.

우리 삼 남매는 혼혈아로 태어나 학교를 다닐 때 생김새 때문에 많은 놀림거리가 되었다. 지금이야 다문화 가정이 늘어 피부색이 다른 아이들도 많아졌지만 우리 형제들이 어렸을 때만 하더라도 피부색이 다르고 생김새가 다르면 많은 놀림감이 되곤 했다. 특히 형은 셋 중에서 가장 이국적으로 생겨서 더 자주 놀림의 대상이 되었다.

　놀림의 대상이 되었던 우리들도 어떤 의미에서는 불쌍하다고 말할 수 있겠지만, 사실상 더 큰 고통을 받은 사람은 바로 어머니였을 것이다. 어머니는 언제나 우리가 받는 상처를 달래주는 자리에 있었기 때문이다. 그중에서도 어머니의 가슴에 가장 큰 상처를 주는 말은 다른 아이들의 놀림이 아니라 우리가 무심코 던지는 말이었다.

　특히 미국인 엄마가 학교에 오는 것이 부담스럽고 부끄러운 까닭에 형이 어머니에게 무심코 던진 말 중에 "엄마, 제발 학교에 오지 마!"라는 말이 가장 상처가 되었을 것이다. 그 말을 들었을 당시 어머니의 심정이 과연 어땠을지 상상하기조차 어렵다. 어쩌면 그 말을 한 당사자는 형이었지만 누나나 나 역시 표현만 안 했을 뿐, 평소에 똑같은 생각을 하거나 심지어는 똑같은 말을 하려던 적이 여러 차례 있었다.

　어디 그뿐이겠는가? 우리가 타국에서 생활할 때 느낄 수 있는 수치나 혐오감처럼, 서양 사람들이 우리나라에서 느끼는 불편함이나 고독함이란 헤아리기조차 어렵다는 것을 나는 어머니를 보며 느끼곤 한다. 어머니가 시내버스를 타면 어떤 아주머니들은 "저 여자 코만 저렇게 높지 않으면 예쁠 텐데"라는 말을 서슴없이 주고받는 경우도 적지 않다. 어머니가 우리말을 못 알아들을 것이라고 추측하고 무심코 내뱉는 말이겠지만, "한 번 던진 말은 날아간 화살과 같아서 다시금 돌이킬 수 없다"고 하지 않던가? 물론 어머니는 그들의 말을 충분히 알아들었지만, 모르는 척하고 조용히 지나가시곤 한다.

어쩌면 이것은 일종의 '인내심 학교'라고 생각한다. 어머니에게 인내심에 대한 점수를 주라면 나는 서슴지 않고 A^+를 줄 것이다. 한국에서 생활하는 외국인들에게 많은 인내와 용기가 요구되는 것은 두말하면 잔소리다. 그래도 기쁜 마음으로 한국 생활에 전념하신 어머니가 얼마나 감사한지 모른다.

우리가 어머니를 몰라주고, 무시하고, 상처를 주어도 모든 것을 참고 받아주는 어머니, 그 사랑에 오늘도 고개 숙인다.

개떡 같은 그림도 작품이 된다?

안식년 기간 동안 한 번도 해본 적이 없는 일에 도전해보고 싶은 마음에서 가까운 학교에서 미술 수업을 들었다. 그러나 그림을 보는 것은 좋아하는 편이지만 그림을 그려본 경험은 없었기에 그림 그리는 게 쉽지가 않았다. 물감을 만져보고 또 파스텔을 느껴보는 것 등, 이 모든 것들이 신기하기만 했다.

그러던 중 하루는 어머니의 앞마당에 있는 작은 새집을 그려보기로 마음을 먹고 붓을 들었다. 오랜 시간 나름대로 애를 써서 그림을 그려보았지만 영 맘에 들지 않았다. 누가 봐도 돌팔이 그림이었다. 그래도 포기할 수는 없어서 '다음에 다시 손을 봐야지'라고 생각하고 아무도 찾을 수 없는 창고 깊숙한 곳에 그림을 숨겨놓았다.

그런데 웬걸? 최근에 어머니를 뵈러 갔는데 응접실에 들어서는 순간 뒤로 자빠지는 줄 알았다. 내가 숨겨 놓았던 그림이 응접실 벽 한 가운데 걸려 있는 것이 아닌가? 그 그림을 어머니가 찾아서 벽에 직접 못질을 해서 걸어놓으신 것이다. 더 놀라운 것은 내 그림 바로 옆에는 어머님께서 선물받으신 유명한 기성 작가의 등대 그림이 나란히 걸려 있었다. 우리나라에서 으뜸가는 미대를 나오고, 영국과 캐나다에서 미술 공부를 하고 한국에 돌아와 여러 차례 전시회도 하신 분의 그림과 내 그림이 나란히 걸려 있다는 게 어디 말이나 되는 일인가?

나는 어머니께 사정을 했다. 제발 그림 좀 내려달라고. 그러자 어머니는 단연코 거절하셨다. 그래서 "그러면 제가 직접 내리겠습니다"고 하자 어머니는 안 된다고 하셨다. 절대 손대지 말라고 하셨다. 이건 완전히 김밥 옆구리 터질 일이다. 아무리 내 그림이 어머니 마음에 드신다고 해도, 그건 어머니 생각이지 그걸 온 세상 사람들 다 보라고 응접실 한 가운데 걸어놓으시는 어머니가 이해가 안 되었다.

하지만 지금은 이해가 간다. 나도 요사이 초등학생인 우리 막내 아이가 그리는 그림들이 제법 맘에 들기 시작한다. 그래서 마음에 쏙 드는 그림이 나오면 '어디 적당한 액자가 없나?' 두리번거리게 된다. 어머니도 마찬가지셨던 것이다. 객관적인 작품성은 떨어질지언정 어머니 보시기엔 내 그림이 기특하고, 입가에 미소를 가져다주는 '작품'이라고 생각(착각)하셨던 것이다.

내 눈에는 아무리 개떡 같아 보여도 어머니의 눈에는 피카소Pablo Picasso, 1881~1973가 그린 그림 이상의 가치가 있는 작품으로 보이는 것이다. 왜일까? 당신 아들이 그린 그림이기 때문이다. 다른 이유는 없다. 하나님의 마음도 그런 것 같다.

"네가 이 세상 살면서 애쓰는 모든 순간들, 네가 네 손으로 만드는 모든 '작품'들, 너는 어떻게 생각할지 몰라도, 나에겐 파리의 루브르 박물관에 있는 작품들 이상으로 가치가 있단다. 계속해서 그리거라. 계속해서 만들거라. 계속해서 노래하거라. 계속해서 춤을 추거라. 계속해서……. 나는 네가 만드는 것들은 무조건 하늘 응접실에 들여다 놓고 그걸 날마다 바라보면서 온 세상에 자랑할 것이다."

이것이 하나님의 마음이고 부모님의 마음이다. 나도 예전엔 미처 몰랐으나 아빠가 되면서 어머니의 마을을 알게 되었다. 부모가 되고 나서야 비로소 아주 조금이나마 하나님의 마음을 이해하게 되었다.

그렇다. 부모의 마음은 하나님의 마음을 닮았다. 우리가 아무리 어떤 대단한 것을 위해 애쓰다 실패한다고 해도, 부모님은 우리 능력의 한계를 잘 안다. 그래도 상관없다고, 그대로 좋다고…… 자녀를 있는 그대로 받아주신다.

온 세상을 감동시키지는 못해도 한 사람의 입가에 미소를 띠게 할 수 있다면 그것으로 충분하다. 그것이 그림 한 폭이든, 사진 한 장이든, 위로의 말 한마디든, 희망의 눈빛이든, 사랑의 나눔이든 이 세상을 조금 더 밝게 할 수 있는 것이라면 어떤 것이든 좋다고 다 받아주실 준비가 되어 있다. 언제든 우리를 위해 격려의 박수를 보낼 준비를 하고 있다. 그것이 그분의 자랑이기 때문이다. 그것이 어머니의 사랑이기 때문이다.

감동의 선물

선물. 참 좋은 것이다. 준비하는 사람에게는 설렘을 주고, 받는 사람에게는 놀라움과 고마움을 주는 것이 바로 선물이다. 정성이 담긴 선물 하나가 주고받는 사람들의 마음을 감동시킨다. 선물은 이를테면, 인생이란 사막을 가는 길에 시원한 물 한 모금, 서늘한 나무 그늘 같은 것이다. 어머니도 선물을 준비하는 것을 참 좋아하신다. 그래서 선물과 관련된 많은 이야기들이 있다. 그중에서 선물과 관련된 감동적인 실화 하나를 소개한다.

어느 날 어머니와 함께 학교에서 일하시던 한 선생님이 결혼을 하면서 선교사로 태국에 가게 되어 학교를 그만두게 되셨다. 그 선생님은 어려움 없이 귀하게 자랐고, 취향도 예쁜 것, 특히 액세서리를 무척 좋아하는 소녀풍의 선생님이었다. 주위 선생님들은 그런 선생님이 덥고 습하고 문화와 환경이 다른 나라에서 연고도 없이 새로운 생활에 뛰어들어야 하는 것을 안쓰러워하셨다. 목선도 예쁘고 손도 가냘픈 선생님이 태국에서 많은 사람들을 위해 밥을 짓고 거친 일을 해 나가야 하는 것이 안타깝게 느껴졌던 것이다.

어머니는 보통 함께 일하던 선생님들이 결혼해서 외국으로 (특히 선교사로) 나가게 될 경우, 다른 선생님들과 함께 식사를 하고, 조촐한 송별회를 마련해주곤 하셨다. 그리고 작은 격려의 선물과 함께 서로 삶을 나눈다. 그때도 어김없이 교사들은 식사 후에 유치원으로 돌아와 티타임을 가지면서 태국으로 떠나게 될 선생님 곁으로 둘러앉았다.

사람들은 원장님(어머니)이 주신 선물이 궁금해 빨리 풀어보라고 모두들 한마디씩 옆에서 거들었다. 그 선생님은 선물을 풀어보다가 안의 내용물을 보고서는 그 자리에서 한참을 울었다. 다른 선생님들은 이상해서 다시 선생님 곁으로 모여 이유를 물었다. 선물 포장 속에서 나온 것은 예쁜 빨간색 보석이 박혀 있는 작은 반지였다.

"나, 이것 본 적 있어. 원장님이 끼시던 거야. 그런데, 이거 원장님 새끼손가락에 끼셨던 거야. 이 반지 맞는 사람 우리 중에 나밖에 없을 거야."

그 선생님은 반지를 네 번째 손가락에 끼더니 두 손으로 얼굴을 가리고 다시 울기 시작했다. 그 반지는 너무 작아서 가냘픈 손가락을 가진 그 선생님만 낄 수 있는 사이즈였다. 예쁘고 앙증맞은 것, 그리고 유독 반지와 같은 장신구에 관심이 많았던 선생님의 성품과 취향을 말없이 관찰하신 어머니께서 직접 오랜 시간 동안 끼고 있던 분신과 같은 반지를 선물하신 것이었다.

빨간 반지, 그것은 그 선생님이 선교사로 떠나게
되면 반지 같은 액세서리를 스스럼없이 살 수 있
는 형편이 될 수 없을 것을 미리 생각하시고, 선생
님을 위해 항상 기도해주겠다는 약속과 함께 주신
어머니의 선물이었다. 아주 값비싼 것도 아니고
새로 산 반지도 아니었지만, 그 선물에 따로 설명
은 필요 없었다. 그 반지는 평생을 하나님 앞에 무
릎 꿇고 기도한 어머니의 마음이 깃들어 있으므
로……

(위의 글은 학교 교사들이 엄마를 위해 엮은 〈편지 글〉 중에서 원
계실 선생님의 편지 일부를 편집한 내용이다.)

불알친구 종호가 본 엄마

어릴 때 나는 제법 친구가 많았다. 공부하는 것보다 친구들을 만나는 것이 더 큰 즐거움이었다. 친구 집에 놀러 가는 경우도 많았지만 우리 집에 친구들이 놀러 오는 경우도 결코 적지 않았던 것으로 기억한다.

우리 집에 친구들이 놀러 올 때마다 어머니는 친구들을 한번도 그냥 돌려보내신 적이 없으셨다. 물론 지금 생각해보면 어린 나이에 멋모르고 너무 많은 부담을 드린 것이 아니었나 싶어 죄송하기 짝이 없지만 그때그때마다 친구들을 돌려보내지 않고 오히려 기꺼이 환영해주신 어머니가 한없이 고맙기

만 했다.

우리가 살던 집은 인계동 326번지였다. 지금이야 많이 달라졌지만 그 당시 우리가 살던 인계동은 그야말로 '판자촌'이나 다름이 없었다. 결손 가정도 많았기에 가장 친하게 지낸 동네 친구들 중에는 형편이 어려운 친구들도 많았다. 열악한 집안 환경으로 인해 당시 우리 또래의 친구들은 정기적으로 목욕하는 것도 사실은 드문 일이었다.

그런 동네에 우리 집이 있었는데 유일하게 미국식 집이었기에 동네 사람들은 대부분 우리 집을 '미국 집'이라고 부르곤 했다. 어쨌거나 친구들의 집과는 느낌이 사뭇 달랐기에 친구들은 우리 집에 놀러 오는 것을 좋아했고, 1,000평 가까이 되는 잔디 마당도 있어 우리 집은 동네 축구장이나 다름이 없었다.

최근에 약 30년 만에 만난 불알친구 종호는 그때의 추억을 되살리면서 눈물을 글썽이며 이야기 하나를 들려주었다.

자기 기억으로는 목욕도 거의 못 하고 지낸 까닭에 먼지와 땀에 찌들어 온몸은 더럽고 지저분했는데 그런 자신을 우리 어머니가 늘 두 팔 벌려 맞이해주셨다는 것이다. 맛있는 간식을 챙겨주시는 것은 물론이고, 우리 집에서 재워주신 적도 한 두 번이 아니라는 것이었다. 더러운 자신을 깨끗한 담요 밑에서 재워주신 엄마가 너무나 고마웠다는 얘기를 해주면서 종호는 참고 있던 눈물을 흘리기 시작했다.

종호가 들려주는 어머니의 모습은 내가 잘 느끼지 못했던 어머니의 모습이었다. 늘 자상하시고, 부지런하시고, 사람을 소중하게 여기시는 어머니다 보니 나는 당연하다고 생각했던 그것들이 친구인 종호에게는 전혀 새롭고 고맙게 다가왔고, 30년의 세월이 지난 지금 다시 생각해도 고마워 눈물이 흐를 만큼의 소중한 추억이 된 것이다.

어머니가 30년 전 내 불알친구 종호에게 그러셨던 것처럼, 나도 누군가에게 눈물겨운 고마움과 소중한 추억으로 남는 사람이 되었으면 좋겠다. 그러려면 지금 만나는 모든 사람들을 귀하게 대접하고, 지금 살아가는 이 순간을 최선을 다해 살아야겠다는 다짐을 한다. 지금의 내 모습이 누군가에겐 30년이 지난 뒤에도 소중한 추억이 될 수 있으므로.

어머니를 안아주신 친할머니

어머니가 미국 새색시로 인천항에 아버지와 함께 귀국할 무렵 부두 앞에서 기다리고 있었던 사람들은 자그마치 수십 명에 가까웠다고 한다. 그만큼 미국 처녀와 한국 총각이 결혼 하는 것이 그 당시에는 꽤 큰 뉴스거리였기 때문이었다.

때문에 친지들뿐만 아니라 많은 이웃들까지 부모님의 결혼 에 대해 호기심을 갖게 되었고, 심지어는 신문 기자들까지 현 장으로 출동했다고 한다. 어려운 유학을 마치고 9년 만에 고 국으로 돌아오는 아버지나 한국으로 시집오는 스물한 살 미 국인 신부에게 사람들은 관심을 가졌던 것이다.

그 자리에 있던 모든 사람들은 신혼부부를 환영해주기 위해서 기다리고 있었으나 19일 동안 태평양을 건너 한국행 배를 타고 오는 어머니에게는 긴장의 연속이었다. 짧은 시간 내에 우리말을 배워야 하는 부담감, 한국에서의 신혼 생활, 전혀 익숙하지 않은 문화에 적응하는 것, 한국 사람들의 반응, 시골 마을에서의 시집살이 등등 모든 것이 긴장할 수밖에 없는 상황이었다. 특히 말도 통하지 않는 할머니(시어머니)가 어떻게 받아주실지, 대화가 어떻게 가능할지 궁금해하셨다.

감사하게도 엄마의 초조한 마음이나 두려운 마음은 오래가지 않았다. 배에서 막 내린 아버지를 안아주신 할머니는 어머니를 한눈에 알아보고 달려와 안아주셨다고 한다. 말 한마디 통하지 않았지만, 친할머니께서 어머니를 끌어안아주시는 순간 어머니의 마음속에 있었던 모든 두려움은 날아가버렸고 어머니를 가슴으로 환영해주신 할머니의 사랑을 느낄 수 있었다고 한다.

다음은 어머니의 책 《사랑이 부푸는 파이가게》에 나오는 한 대목이다.

> 생각해보면 미국에서 오는 동안 드러내놓고 걱정하진 않았으나, 잠재의식 속에 나를 (시어머님이) 받아들이지 않으시면 어쩌나 하는 마음이 있었던 것 같다. 나를 받아들이신다는 생각에 안심이 되자 마구 눈물이 나왔다. 시어머니는 내 눈물을 닦아주면서 등을 두드려주셨다. 시어머니 눈에서도 눈물이 흘렀다. 시어머니는 곧 활짝 웃으며 내 손을 잡고 걸어갔다. 서양 며느리를 조금도 부끄러워하지 않는 모습에서 나는 큰 감동과 함께 힘을 얻었다.

우리에겐 여러 가지 사랑의 언어가 있지만, 어쩌면 여러 마디 말로 전달할 수 있는 언어보다 더 확실한 언어가 있다. 바로 포옹이다. "사랑은 표현되어질 때 비로소 사랑"이라는 말처럼, 때로는 우리의 몸으로 사랑을 표현하는 것, 그리고 상대방을 포옹해주는 것이야말로 가장 큰 선물이 아닐까 싶다.

현대인들이 얼마나 사랑에 굶주려 있는가는 '프리 허그Free Hug' 운동을 보면 알 수 있다. 낯선 사람이 안아주는 포옹 한 번에도 사람들은 행복해하고 편안해한다. 오늘이 가기 전에 내 주변에 내 포옹이 필요한 사람이 있다면 한번 안아주시기를. 한 번의 포옹은 열 마디의 말보다 더 큰 사랑을 전할 수 있다.

Hands to work, hearts to God

어머니의 인생관을 한마디로 나타낼 수 있는 문구를 꼽아 보라면 바로 이 문구를 들 수 있다.

"Hands to work, hearts to God." 우리말로 번역을 한다 면 "마음은 하나님을 향하고, 손은 이웃을 향한다"라는 뜻이 다. 아마 이 한마디가 어머니의 삶을 가장 잘 요약해주는 표 현이 아닐까 싶다.

그렇다. 어머니의 마음은 아침부터 저녁까지 하나님을 향 하는 겸손한 여인의 모습이라고 나는 자신 있게 말할 수 있 다. 또한, 인간관계를 가장 소중히 여기는 어머니의 손에는

HANDS TO WORK
HEARTS TO GOD

언제나 이웃을 돕거나 섬기는 모습이 배어 있다고 나는 말할 수 있다. 어머니의 삶은 한마디로 '하나님을 기쁘게, 그리고 사람을 기쁘게 하려는 삶'의 모습이라고 할 수 있다.

자녀의 입장에서 그러한 어머니의 삶은 흉내 내기조차 어렵지만 조금이라도 닮고 싶다. 그것이 우리 삼 남매의 간절한 소원이다.

본받을 수 있는 모델이 가까이에 있다는 것이 얼마나 커다란 행운이고 감사의 제목인지 모른다. 여전히 갈 길이 멀지만 매일매일 우리의 마음이 어디를 향하고 있는지 우리로 하여금 정직하게 돌아볼 수 있는 기회를 제공해주시는 것은 우리 자녀들에게는 가장 값진 유산이다.

하나님을 사랑하면 사랑할수록, 그 사랑은 인간관계에 영향을 미치게 되어 서로를 사랑하는 것이 그만큼 자연스러워야 한다는 것을 나는 믿는다. 결국 그 마음은 하나님이 주시는 마음이기 때문이다. 반대로 하나님을 사랑한다고 하면서 이웃을 향한 사랑이 없다면 어찌 우리 안에 하나님 사랑이 있다고 말할 수 있겠는가. 하나님의 아들로 이 땅에 오신 독생자 예수가 십자가에 못 박히기 직전에 그의 제자들에게 하신 말씀이 한 가지 있다. 그 말은 "서로 사랑하라"는 말이었다.

온 마음과 영혼, 그리고 눈은 위를 향해 열려 있어 하나님을 바라보고, 손과 발은 땅을 향해 사람들을 섬기는 삶. 그야말로 내가 죽을 때까지 흉내 내고 싶은 어머니의 모습이라고 말할 수 있다. 물론 흉내 내긴 어렵겠지만, 아니 어쩌면 불가능할지도 모르겠지만 말이다.

마음은 하나님을 향하고, 손은 이웃을 향해.

Hands to work, hearts to God.

4부

엄마는 못 말려

하얀 장갑을 낀 원장 선생님?

어머니는 종종 선생님들이 퇴근하고 난 교실을 몰래(?) 찾아가 뒷정리를 하시곤 한다. 지저분한 교실이 있으면 말없이 들어가서 정리를 해주고 나가신다. 그러면 그 사실을 뒤늦게 발견한 선생님들은 한편으로는 창피해하면서 다른 한편으로는 자연스레 청소에 더 관심을 갖게 되곤 한다.

학교에서만 그러시는 게 아니라 집에서도 마찬가지다. 집 안에서도 그런 어머니의 모습을 보노라면 정말 못 말릴 때가 있다. 하지만 결국 어머니의 그런 모습이 남을 위한 배려에서 시작된 것임을 잘 알고 있다. 자녀들이 학교에서 돌아와 청결하고 정돈된 자리에서 몸과 마음이 잠시나마 쉼을 얻도록 말이다.

학교의 선생님들은 농담 삼아 어머니가 이 교실 저 교실을 다니며 청소하는 모습을 가리켜 'white glove inspection'이라고 부른다. 직역하자면, '흰 장갑으로 검사를 나온다'는 뜻이다. 어머니의 모습이 '하얀 장갑을 낀 원장 선생님'의 모습이란 뜻이다. 어머니의 이런 모습 때문에 어머니가 하얀 장갑을 끼고 먼지가 장갑에 묻는지 안 묻는지를 확인하러 다닌다는 소문이 학교에 퍼지기도 했다. 물론 그 소문은 약간 과장된 이야기다. 하지만, 그만큼 어머니는 남들이 보기에 지나칠 정도로 청결에 관심이 많은 것은 사실이다.

학교의 한 여 선생님은 이렇게 말을 했다.

"교사들이 퇴근하고 난 교실을 다니시면서 뒷정리를 하신다는 소리를 듣고 적지 않은 충격을 받았습니다. 실제로 제가 초임교사였을 때 지저분한 제 교실에 오셔서 정리해주셨던 것을 아직도 기억하고 있습니다. 그땐, 얼마나 창피했는지 모릅니다. 그 뒤부터는 자연적으로 신경이 쓰이게 되더라고요. 원장님이 청소에 대해서 하신 말씀을 기억해요. '주변을 깨끗하게 정리하고 청소하는 것, 그 자체가 바로 예배'라고 하신 말씀을요. 그 말씀을 듣곤 정말 충격을 받았습니다. 그 전엔 청소가 그렇게 중요한 것이라고 인식하지 못했거든요. 결혼을 한 지금은 틈만 나면 청소를 합니다. 아무리 닦아도 또 먼지가 쌓이고 더러워지지만, 그래도 청소를 하고 난 뒤의 기쁨은 정말 최고입니다. 이런 기쁨도 원장 선생님의 그 철저한 청결 의식과 부지런함이 없었다면 배우지 못했을 겁니다."

처음에는 어머니의 마음을 헤아리지 못하는 선생님들도 더러 있지만 대부분의 경우 서서히 적응을 하는 것 같다. 결국 우리 주변을 깨끗이 정리 정돈하고 청결을 유지하는 것은 나 자신만을 위한 유익이 아니라 내 가까이에 있는 사람들을 배려하는 기본적인 예의라는 것을 어머니는 강조하신다. 특히, 어린아이들이 찾아오는 학교의 교실이나 자녀들이 뒹굴며 놀 수 있는 가정은 최선을 다해서 청결하게 가꾸는 것이 저들을 진심으로 섬기고자 하는 사람의 마음인 것이다.

사실 이러한 마음은 사회생활에도 그대로 영향을 미친다. 길거리에 휴지를 제멋대로 버리는 사람들이 있는가 하면 남이 버린 쓰레기를 줍는 사람도 있듯이, 집안이나 학교에서 자기 주변을 청결하게 유지하지 않는 사람은 결국 밖에서도 그 습관이 크게 달라지지 않을 확률이 더 높은 것이다.

어머니는 우리 사회 곳곳에 쓰레기를 함부로 버리거나 더럽혀진 길거리와 공공장소를 보시며 얼마나 마음 아파하시는지 모른다. 오죽하면 당신에게 기회가 주어진다면 아예 문화부장관으로 일을 하고 싶다는 말을 농담처럼 던지실 때도 있다. 그것은 우리나라 국민의 공공질서나 대중문화에 대한 인식을 한 단계 업그레이드 하시고자 하는 엄마의 바람이 섞인 표현일 것이다.

사실, '학교든 사무실이든 어디든 간에 그곳이 내 가정'이라고 생각한다면, 어머니처럼 그렇게 먼지 하나 없도록 청결하게 청소하고 정돈하는 게 맞는 일이다. 다른 것도 아니고 내 아이들이 먹고 자고 뛰노는 가정을 먼지투성이의 쓰레기장처럼 방치해둘 어머니는 없을 것이기 때문이다.

하얀 장갑을 낀 원장 선생님의 모습은 아마도 세상 모든 아이들을 내 자식처럼 여기시는 어머니의 모습이 투영된 것이 아닌가 싶다. 학교도 내 가정이요, 모든 학생들이 내 자식이라는 어머니의 마음이 하얀 장갑을 통해 표현된 것이라고 나는 지금도 생각하고 있다.

어머니의 뱀 사냥

지금 생각해보면 자라면서 뱀에 한 번도 물리지 않은 것이 기적 같기만 하다. 그만큼 인계동 우리 집 주위엔 뱀이 많았기 때문이다. 물론 독이 있는 뱀은 아니었을 확률이 높지만, 호기심 많은 나에게 뱀은 마냥 신기하게만 느껴졌다. 그들은 마치 심심한 나를 찾아와 즐겁게 해주는 친구와도 같았다. 그러나 아무것도 모르는 어린 우리는 장난감처럼 뱀을 환영했을지 몰라도, 뱀을 대하는 어머니의 태도는 전혀 달랐다. 뱀에 대한 어머니의 태도는 단호했다.

사실, 우리 집에 나타난 뱀들은 어찌 보면 운이 아주 나빴다. 왜냐하면 어머니는 뱀 잡는 일에는 둘째라면 서러울 정도로 전문가였기 때문이다. 심지어는 우리 집에 오래 된 구렁이가 살고 있다는 소문도 있었지만, 구렁이가 아니라 구렁이 할아버지가 살더라도 어머니만 나타나면 뱀들은 모두들 날 살려라 도망갔을 것이 틀림없다.

어머니도 처음에는 뱀을 겁내셨다고 한다. 하지만 나중엔 돌계단 옆에 삽을 세워두고 뱀이 눈에 띄기만 하면 즉시 삽으로 두 동강을 내셨다. 그렇게 뱀을 죽이면서 어머니가 뒤늦게 발견한 사실은 오후 1시와 2시 사이에 뱀이 집중적으로 나타난다는 것이다. 그래서 그다음부터는 그 시간만 되면 집중적으로 '뱀 사냥'을 하셨다고 한다. 처음에는 놓치는 일도 많았지만 오랜 연습 끝에 마침내 뱀이 나타나기만 하면 어머니는 한 방에 처치하는 '기술'을 터득하셨고, 그렇게 죽인 뱀은 수십 마리가 넘는다고 한다. 그리고 보면 어머니는 참으로 용감한 면이 많다. '뱀 잡는 미국 여자', 누가 들어도 귀가 솔깃하지 않겠는가?

세상 모든 엄마들에게는 자녀들을 위해서라면 언제라도 자신을 희생할 수 있는 숨은 의지가 있는 것 같다. 자녀들을 보호하기 위한 기질이 자연적으로 몸에 배어 있는 것 같다. 세상에 '여자'로 태어났을 때는 뱀도 무서워하고 겁쟁이로 태어났는데, 아이를 낳고 '엄마'가 되는 순간, 세상의 모든 어머니들 피에는 '용기'라는 새로운 호르몬이 분비되기라도 하는 듯하다. 아이를 낳고 엄마가 되는 순간, 모든 엄마들은 세상에서 아무것도 두려울 것이 없는 가장 위대한 전사로 거듭나는 듯하다.

우리 형제는 어린 나이에 멋모르고 뱀을 잡기도 하고, 그 뱀으로 동네 여자 아이들을 놀렸던 경우도 한두 번이 아니었다. 하지만 어머니의 심정은 달랐다. 어머니는 언제나 우리의 안전을 위해서 뱀을 잡으셨다. 대부분의 여성들처럼 어머니 역시 뱀이 무섭지 않았을 리 없다. 하지만 혹시라도 우리 형제가 뱀에 물릴까 봐 늘 삽을 준비해두었다가 뱀이 나타나면 군인이 총을 들고 전쟁에 나가듯 삽을 들고 뱀을 잡으셨다. 그 모습이 그렇게 자연스러울 수가 없었다. 아마도 이러한 어머니들의 모습 때문에 "여자는 약하나 어머니는 강하다"라는 말이 생겨난 것이 아닐까?

모든 것을 가장 단순하게, 가장 부드럽게 처리하는 어머니에게서 나도 몰랐던 놀랍고 강인한 모습을 보게 된 것, 그것은 어머니의 뱀 사냥 때문이었다.

그렇게 무서워하던 뱀을 아무 두려움 없이 척척 잡아 죽일 수 있던 힘, 그것은 아마도 자녀를 향한 모정 때문이었을 것이다. 그리고 결국 그 사랑은 미국 엄마, 한국 엄마 구분할 것 없이 이 땅의 모든 엄마들의 모습일 것이다.

세상의 모든 엄마는 정말 위대하다.

어머니는 외국인 파출부?

어머니가 워낙 청결에 관심이 많다 보니 어머니가 주변을 청소하는 모습을 발견하는 것은 그리 어려운 일이 아니다.

한 번은 학교의 수영장을 청소하는 어머니를 발견한 학부형이 너무나 열심히 일하는 모습에 감동을 받아 옆에서 같이 일하고 있던 형수님에게 "죄송하지만 저 외국인 파출부 어디서 구하셨어요?" 하며 물어보았다고 한다. 그 뒤로 '외국인 파출부'하면 웬만한 학교 관계자들은 누구를 지칭하는 말인지 알 수 있었다. 뒤늦게 어머니를 알아본 그 학부형은 민망한 얼굴로 어머니를 찾아가 몇 번이나 사과 인사를 하고 돌아갔다고 한다.

모르긴 해도 그 별명이 어머니에게 가장 걸맞은 별명이 아닐까 싶다. 그런 의미에서, 본인은 부끄러울지 몰라도 엄마에게 '외국인 파출부'라는 별명을 주신 이름 모를 학부형이 고맙기만 하다.

어머니는 학교에서 일하시는 관계로 서서 일하는 시간이 누구 못지않게 많은 편이다. 때로는 조금도 쉴 틈이 나지 않아 온종일 서서 일을 하셔야만 하는데, 어쩌면 그것이 오늘까지 건강을 유지해오신 비결이 아니었나 싶기도 하다. 그런가 하면 서 계신 시간 다음으로 무릎으로 지내시는 시간도 많다. 그만큼 엎드린 자세로 더러워진 화장실 바닥을 청소하신다든지, 학생들이 씹다가 뱉은 껌을 바닥에서 긁어내는 일을 하는 데 열심이셨다.

그런 어머니의 청결에 대한 욕심(?)은 남들에게 어느 정도 긍정적인 영향을 주는 경향이 있는 것도 사실이지만 사람들로 하여금 어머니 곁에 있는 것을 부담스럽게 만들기도 한다. 심지어 가족인 형수님이나 내 아내의 경우에도 어머니와 함께 있을 때에는 청결에 대해 더 조심스러워 한다. 평소에는 청소를 덜해도 괜찮지만 어머니가 계시면 그만큼 부지런히 치워야 하는 것이 일종의 스트레스가 되기 때문이다.

하지만 긍정적으로 본다면, 언제나 우리 집의 구석구석을 청소해주시는 세밀한 어머니의 손길을 느낄 수 있어서 좋다. 어머니는 평소에 손이 가지 않거나 잘 닦지 않는 구석까지 샅샅이 찾아내는 데, 그야말로 귀신이 따로 없다. 우리 역시 어머니의 부지런한 손길 덕을 많이 보지만, 요즘은 누나와 함께 지내시는 시간이 많으신 관계로 요즘 들어 가장 많은 혜택(?)을 보는 것은 누나가 아닐까 싶다. 건강도 좋지 않으신데 제발 일을 하시지 말라고 옆에서 아무리 말려도, 조금만 한눈을 팔면 어디론가 조용히 사라지는 어머니. 뒤늦게 집 안을 살피면 어딘가에서 엎드려 청소를 하고 계신다. 예수님이 오신다면 예수님께 부탁드려 어머니께 붙은 청소 귀신 좀 쫓아내달라고 부탁드리고 싶은 심정이다.

미국을 등지고

　이따금씩 사람들이 어머니에게 묻는 질문 중에 하나는 "어떻게 그 시절에 살기 좋은 미국을 등지고 환경이 열악한 한국으로 시집을 올 수 있었느냐?"는 것이다. 하지만 어머니는 그때의 결단을, '보다 좋은 환경을 떠나거나 무엇인가를 희생하거나 포기하는 것'이라고 생각하신 적이 없으셨다. 오히려 어머니는 '새로운 시작일 뿐'이라고 믿었다. 그래서 평소에 갖는 마음가짐이 중요한 것 아닌가 하는 생각을 하곤 한다.

　어렵고 힘든 시절, 살기 좋은 고향 미국을 등지고 허허벌판 같은 한국으로 시집을 오신 어머니의 모습에 사람들은 깜

짝 놀란다. 요즘에는 어린 자녀들까지 조기 유학을 미국으로 보내는 마당에, 오십 년 전에 미국을 등지고 교육 환경이 열악한 한국에 자녀들을 맡긴다는 것은 역설적인 일이 아닐 수 없다.

어디 아이들의 교육뿐이었겠는가? 선진국에서 찾아볼수 있는 질서와 안정감, 다양한 문화적인 혜택, 공공시설의 친절함, 여성들이 존중받는 사회 등등, 일일이 따져보면 한두 가지가 아닐 것이다. 거기에다가 사람들이 떠나길가장 힘들어하는 모국, 가족, 언어, 음식 등 생각해보면 그 당시에 한국에 온다는 것은 인간적인 기준으로 볼 때 당연히 앞뒤가 맞지 않는 무모한 선택으로 보였을 것이다.

하지만 놀랍게도 어머니는 '잃어버릴 것'에 초점을 맞추기 보다는, '얻게 될 것'에 더 큰 비중을 두신 것 같다. 앞에서 언급한 이근미 작가는 어머니의 책을 집필하면서 어머니를 여러 차례 만나게 되었다. 다음은 그가 〈후기〉에 쓴 내용의 일부다.

> 트루디 원장님이 가장 싫어하는 일은 '멀거니 앉아 있는 것'이다. 잠깐의 시간도 허투루 쓰지 않는다. 부지런히 움직이고, 부지런히 책 읽고, 부지런히 봉사한다. 아들 집에서 며느리보다 더 바쁘게 움직이는 시어머니를 보는 것이 처음에는 낯설고 신기했다. 풀숲에 박혀 있는 쓰레기를 거리낌 없이 손으로 줍고, 길 가다가 잡초를 뽑는 일은 생활화되어 있었다. 자신이 행복하고, 그 삶이 다른 사람에게 감동을 준다면 성공한 인생이다. 최선을 다해 살아왔고, 지금 행복하다고 말할 때 트루디

원장님의 얼굴은 환하게 빛났다. 세계 최강국에서
국민소득이 100달러도 안 되는 나라로 시집온 분
이 그렇게 말할 때 감동에 앞서 충격을 받았다. 나
에게는 '최소한'을 쓰면서 남에게 '최대한'을 베
푸는 삶, 앞치마를 두르고 온종일 빵을 굽는 모습
은 그 어떤 경구보다도 강하게 우리의 가슴을 두
드린다.

사람은 꿈만 있으면 무슨 일이든 도전할 수 있다. 아무리
환경이 달라도 적응하면 되는 일이다. 꿈만 있다면 어떠한 역
경이나 고난도 이길 수 있는 법이다. 그렇게 어머니는 꿈을
가지고 한국 땅을 밟았던 것이고, 미국 사람보다는 한국 사람
으로 살아가겠노라 미리 마음을 정하고 오신 것이다.

그렇다. 어떤 일이든 마음을 먼저 정하고 시작할 때 그만큼
쉬워지기 마련이다. 사람을 움직이는 것은 꿈이다. 사람은 자
신이 꿈꾸는 만큼 움직이게 된다. 어머니는 그 꿈을 찾아 한
국 땅을 밟았다. 그리고 어머니가 꾸신 그 꿈은 아버지를 통
해, 그리고 우리 세 남매를 통해 화려하게 꽃피었다. 50년 전

어머니가 미국을 등지고 한국 땅을 밟으며 꾸었던 그 꿈들은 어머니의 파이 가게와 장애인들을 위한 학교 등을 통해 새롭게 씨앗을 뿌리며 또 다른 꿈들을 준비하고 있다.

어머니의 서툰 우리말 솜씨

어머니는 스무 살에 결혼을 해서 스물한 살이 되던 해인 1959년에 한국 땅을 처음으로 밟으셨다. 하지만 그 당시에는 비행기로 오는 경우보다는 그 먼 길을 배로 여행하는 경우가 더 많았다고 한다. 어머니는 아버지를 따라 샌프란시스코에서 배를 타고 자그마치 19일 동안의 긴긴 여행 끝에 태평양을 건너 부산항에 도착했다.

어머니의 한국어 공부는 흔들리는 배 안에서 시작되었다. 19일 동안 아버지의 도움으로 한국어를 공부하셨지만, 아주 기본적인 인사말 몇 마디 밖에는 사실상 배울 수 없었다고 한다. 그 당시만 해도 군인이나 선교사를 제외하곤 외국 사람들이 거의 없었기에 어머니는 많이 외로우셨을 것이다. 게다가 아버지는 여기저기 분주하게 다니시느라 집에 계신 시간도 많지 않으셨다. 그러니 어머니의 한국어 공부는 시간이 가도 큰 발전이 없었다.

결국 어머니는 답답한 마음에 수원여자중학교를 다니기로 결심하고 2년 동안 중학생들 사이에서 한국말을 정식으로 공부하셨다. 물론 집안 식구들이 기꺼이 우리말을 가르쳐주기도 했지만, 어머니는 성에 안 찼는지 좀 더 확실하고 체계적으로 우리말 공부를 하시길 원하셨다.

그때의 노력 덕분에, 오늘날 어머니는 국내는 물론 해외에서도 우리말로 자주 강의를 하신다. 특히 자녀 교육에 대한 강사로 초청을 받는 경우가 제법 많으신 편이다. 물론 여전히 모국어인 영어가 한국말보다는 더 익숙하다고 하시지만, "한국에서는 한국말을 하는 것이 예의"라고 말씀하시면서 우리말을 늘 적극적으로, 그리고 커다란 불편함 없이 구사하시는 어머니가 우리들은 언제나 자랑스러웠다.

우리말 공부에 최선을 다하셨지만 그래도 어머니의 서툰

우리말 때문에 재미있는 에피소드들이 생겨나곤 한다.

한 번은 어머니께서 시내에 나가셨다가 갑자기 배가 아파 급하게 약국을 찾으셨다. 약국은 성공적으로 찾으셨지만 갑자기 '배탈'이란 단어가 떠오르지 않아 약사에게 그만 "배에 털이 났는데 도와달라"고 한 것이다. 약국의 아저씨는 한참을 숨이 멎을 정도로 웃기에 바빴고 엄마는 영문도 모른 채 답답한 마음을 금할 길이 없어 그 약국에서 뛰어나왔다는 이야기를 들려주신 적이 있다.

배탈과 배털의 차이. 웬만한 사람들에겐 혼동될 단어가 아니지만 우리말이 익숙하지 않은 외국인들에겐 쉽게 실수할 만한 말들이다. 하지만 오히려 외국인이 완벽하게 우리말을 구사한다면 그게 오히려 더 부자연스럽지 않을까? 가끔씩 실수를 해야 우리도 웃을 일이 생길 터이고, 그래야 우리도 열심히 외국어 공부를 하다가 실수를 좀 해도 위로가 되지 않겠나?

어머니가 자주 혼동하시는 또 하나의 단어는 바로 '합승'과 '합선'이다. 택시를 탈 때 다른 승객과 함께 타는 '합승'과 전선이 붙어 문제가 생기는 '합선'이라는 단어의 발음이 비슷해 가끔씩 혼동을 하시곤 한다. 때문에 "다리미가 합승

했다"고 하거나 "택시가 합선되었다"고 말씀해 우리에게 웃음을 주시곤 한다. 어머니의 우리말 실수는 사실 곰곰이 찾아보면 한두 가지가 아니다. 책을 한 권 써도 모자라지 않을 것 같다.

그래서인지 어머니는 한국어 공부는 아무리 열심히 해도 끝이 없다고 말씀하신다. 외국인에게 있어 언어의 장벽이란 그야말로 넘고 또 넘어야만 하는 산이 아닐 수 없는 것 같다.

어느 외국인은 처음 가는 식당에서 주인이 "선불입니다"라고 한 것을 "선물입니다"라고 잘못 알아듣고 "고맙습니다"라고 말하고 음식을 맛있게 먹고 계산도 안 한 채 식당을 나왔다고 하는 이야길 들은 적도 있다.

사실, 우리 역시 외국에 나가면 익숙하지 못한 언어로 인해 실수하는 일이 얼마나 많은가. 그래도 우리를 너그럽게 봐주는 저들처럼, 설사 "선불입니다"를 "선물입니다"로 잘못 알아듣는 일이 있더라도 오히려 모르는 척하고 저들의 실수를 받아주는 센스와 여유가 있다면 얼마나 좋을까?

어머니의 앞치마

시골 아줌마들이 입는 몸뻬 바지에 T셔츠 차림을 한 어머니의 모습은 영락없는 시골 아줌마와 같다고 사람들은 말한다. 서구 사람인지라 청바지 차림, 혹은 보다 더 세련된 외모의 어머니를 상상했다가 처음엔 놀라거나 당황하는 경우도 적지 않다.

내가 보기에 어머니가 가장 많이 입는 옷차림은 대표적으로 세 가지다. 품위 있는(?) 쫄바지, 무슨 옷을 입든지 위에는 앞치마, 그리고 마지막으로 정장이나 한복 차림이다.

그중에서도 어머니가 가장 자주 입는 복장을 꼽으라면 영락없이 앞치마다. 조금 이상하게 들릴 수도 있지만, 어떤 의미에서는 어머니에게 가장 어울리는 복장이라고 느껴질 때도 있다. 그만큼 어머니는 앞치마 차림이 잘 어울리며, 어머니 스스로도 앞치마 차림이 가장 편하다고 말씀하신다. 마치 언제라도 더러워질 준비가 되어 있다는 듯이, 앞치마를 두른 채 온종일 일하는 그 모습에 너무나도 익숙해진 나머지, 앞치마를 입지 않은 어머니의 모습을 접할 때면 어색하게 느껴

지기도 한다. 앞치마 없는 어머니는 앙꼬 없는 찐빵이나 다름없다.

어머니의 앞치마, 그것은 나에게 섬김의 상징이요, 대접의 상징이다. 그만큼 어머니는 음식을 만들기에 언제나 바쁘시다. 과자와 빵을 온종일 굽는 파이 가게에서나 가족을 위해 음식을 준비하실 때나 언제든지 어머니는 앞치마 차림이다. 그러고 보면, 이것이 바로 어머니의 못 말리는 특징 중 하나이기도 하다. 화려한 옷차림의 어머니도 근사하고 멋지기는 하지만 역시 가장 잘 어울리는 옷은 앞치마라고 할 수 있다.

어머니의 옷차림은 비교적 단순한 편이다. 앞치마 아래로는 '고무줄 바지' 혹은 '쫄바지' 차림으로 학교의 매점(파이 가게)에서 일하시기 때문이다. 늘 검소한 차림으로 일하시는 모습을 사람들은 매력적이라고 하고, 존경스럽다고 한다. 하지만 때와 장소를 가리실 줄 알기 때문에 정장을 입고 외출하시는 모습을 보면 주변 사람들은 '원더풀!'을 절로 연발한다. 그래서 여자의 변신은 무죄라고 하는가 보다.

때와 장소를 가릴 줄 아는 어머니, 나에겐 그것이 우리 어머니의 매력 포인트다. 어머니를 만나고 어머니를 아는 사람들이 공통적으로 하는 말 중 하나는 "한국 사람보다 더 한국적"이라는 말이다. 그만큼 한국에 대한 애정이 깊으시고 한국 문화나 전통을 누구 못지않게 아끼고 사랑하신다.

명절에도 한복을 입는 사람들을 쉽게 볼 수 없는 요즈음, 엄마는 명절이 되면 한복을 즐겨 입으신다. 뿐만 아니라 주요 행사나 만찬에 초대받으시거나 TV에 출연할 일이 있으시면 앞치마를 벗어던지고 한복 차림으로 나가신다. 그럴 때 보면 어머니도 이젠 영락없는 한국 사람이다.

쉬지 못하는 손

어머니가 오랫동안 몸을 담은 학교의 어느 여 선생님이 어머니를 가리켜 '손이 아름다운 여인'이라고 표현한 적이 있다. 어머니 가까이에서 함께 호흡을 맞추며 일하는 사람들은 하나같이 어머니의 손을 보고 어머니의 성품을 알 수 있다고 한다.

그만큼 어머니는 지저분한 일도 마다하지 않고 당신의 손을 아낄 줄 모른다. 물론 겉으로 보이는 손의 모습은 거칠고 손가락의 어느 마디 하나 성한 곳이 없는 고생한 손이지만 대부분의 사람들은 '노동의 미학을 나타내는 손'이라고 칭찬한다.

지금도 여전히 어머니는 몸뻬 바지를 입고 호미를 들고 몸소 학교의 화단을 가꾸신다. 그 모습 속에서 어머니는 화려함보다는 소박함의 아름다움이 무엇인지 우리에게 보여주신다. 어머니 곁에서 오랜 기간을 함께 일해온 선생님 중에 한 분이 어머니의 손에 대해 다음과 같이 말한 적이 있다.

> 원장님의 손을 발견하기 전까지는 노동하는 손이 그렇게 아름다운 줄 몰랐다. 오히려 그런 손을 보면 '고생 많이 한 손, 불쌍한 손'이란 생각이 지배적이어서 그 손의 주인공들을 안쓰럽고 불쌍하게 보았다. 하지만 이제는 다르다. 원장님이야말로 하나님이 우리에게 원하시는 삶을 사신 분이라고 생각한다. 나의 기도 제목 중에는 원장님의 삶의 모습을 본받는 것이 있다. 그래서 내가 원장님 나이쯤이 되면 나의 손가락 마디마디에도 노동의 미학이 나타나길 소망한다.

어머니의 손에 대해 나도 조금은 안다. 특히 그 손은 길가에 마구 버려진 쓰레기를 못 참는다. 그래서 쓰레기가 눈에 띄면 당장이라도 주워 버려야만 한다. 어디 그것뿐이겠는가? 길거리를 가다가 길모퉁이에 잡초가 보이면 (차를 놓치거나, 약속 장소에 늦는 한이 있더라도) 그 풀을 당장에 뽑아내야만 속이 풀리는 그런 못 말리는 손이다. 동시에 그토록 거친 어머니의 손은 어려운 이들 곁에 있고, 어린아이들의 머리를 쓰다듬어주길 가장 좋아하는 손이다.

그래서 어머니의 손은 여전히 바쁘다. 어머니의 손은 쉴 새가 없다. 오늘도 여전히 그 손은 바쁘게 움직인다.

걷기를 즐기는 어머니

어른들은 "걷는 운동처럼 건강에 좋은 운동도 없다"고 이야기들 한다. 원래 사람은 하루 평균 10킬로미터 이상을 걸어야 건강하다고 한다. 문제는 자가용이나 기차를 비롯한, 편리하고 빠른 교통수단이 발달하면서 사람들이 걷는 것을 귀찮아하거나 불편하게 여기게 되었고, 짧은 거리도 좀처럼 걸으려고 하지 않는 것이 습관이 되어버렸다는 것이다.

어머니는 보통 사람들보다 훨씬 많이 걸으신다. 평소 걷는 것을 즐기시기 때문에 운동 삼아 걷기도 하시지만 대부분의 경우에는 몸에 배인 근면함과 부지런함으로 활동이 많아 본

의 아니게 많이 걸으신다.

가까운 거리는 대중교통이나 자가용을 이용하시기보다는 걷는 것을 선호하시는 편이다. 햇살이 쨍쨍 비치는 무더운 여름이나 바람이 매섭게 부는 추운 겨울에도 걸어 다니시며, 눈·비가 오는 날도 개의치 않고 걸어 다니신다.

내가 어렸을 적, 버스를 타고 가야 할 만큼 먼 거리를 어머니와 함께 걷다가 다리가 아프다고 불평하며 발을 동동 굴린 기억이 어렴풋이 난다. 하지만 지금은 그때의 기억이 아름다운 추억이 되었을 뿐 아니라 나 역시 어머니의 영향을 받아 걷기를 좋아하게 되었다. 건강을 유지할 수 있는 습관을 만들어주신 어머니에게 빚진 마음이다.

암으로 투병하신 뒤엔 예전처럼 빨리 걷거나 오래 걷지는 못하시지만 여전히 어머니의 걷는 모습은 씩씩하기만 하다. 요즘도 어머니는 가급적이면 차를 타시는 것보다는 걷는 것을 선호하신다. 산책을 하거나 운동 삼아 어머니와 함께 나란히 걸을 수 있다는 것은 크나큰 축복이 아닐 수 없다. 누나도 기회만 되면 어머니와 함께 산책을 하며 하루하루의 삶을 함께 나누는데 그 모습이 무척 아름답다. 언제까지 그렇게 걸으실 수 있을지는 모르겠지만 어머니가 오래오래 걸으실 수 있으면 좋겠다.

걷는 것의 유익함은 여러 가지가 있겠지만 육체적 건강뿐 아니라 정신적 건강에도 도움이 된다고 나는 믿는다. 특히 여유 있게 걸을 때 우리는 사색할 수 있고 삶을 보다 느린 속도로 음미하면서 지난 하루를 반성하거나 새로 맞이하는 하루를 설계할 수 있게 된다.

혼자 걸을 때는 조용히 사색하는 기회를 얻을 수 있고 자연을 마음껏 만끽할 수 있어 좋은가 하면, 누군가와 나란히 걸을 때는 서로의 마음과 생각을 나눌 수 있어 마냥 좋다. 그런 의미에서 걷는 것 그 자체가 얼마나 커다란 축복인지 새삼스레 깨닫게 되어 감사할 따름이다.

원장 선생님은 우렁이 각시

교사로 부임한 지 얼마 안 되던 류은희 선생님은 선배 교사로부터 다음과 같은 이야기를 들었다고 한다.

"언젠가 몸이 힘들어 빨아야 할 걸레들이 있었는데 다음 날 빨래할 마음으로 그대로 놓고 퇴근을 한 적이 있어. 그런데 다음 날 유치원에 가보니까 걸레가 깨끗하고 가지런히 건조대에 널려 있는 거야. 나중에 알았는데 원장 선생님께서 다 해놓으신 거야."

그래서 류 선생님은 다시 물어보았다.

"그러고 나서 나중에 따로 불러서 정리하고 가라고 말씀

안 하셨어요?"

"아니, 그냥 조용히 지나가셨어. 원장 선생님은 원래 그런 분이셔."

다른 사람들의 부족한 부분을 지적하거나 탓하지 않고 그 자리를 조용히 메워주는 어머니에 대해 어떤 선생님들은 '우렁이 각시'라는 별명으로 부르기도 한다. 다른 사람들을 위해 열심히 일하고 조용히 사라지는, 그런 우렁이 각시. 선생님들이 보는 어머니의 모습은 평소에 우리가 보고 느끼는 바로 그 모습이다. 집안에서도 어머니는 늘 말없이 열심히 일하고 조용히 사라지신다고 할까?

대다수의 사람들은 다른 사람들이 보는 앞에서 요란하게 자신이 무엇인가를 하고 있다는 것을 의도적으로 알리려고 한다. 어떤 사람들은 자신이 한 일에 대한 정당한 평가를 넘어서서 과장을 하고 더 많은 것을 알아주기를 바라기도 한다. 남모르게 조용히 도움을 주는 모습은 이제는 잃어버린 기술이 아닌가 모르겠다. 자신의 삶의 자리에서 최선을 다하는 것은 물론, 남에게 도움을 주더라도 떠들썩하지 않게 소리 없이 일하는 모습, 그런 모습이 그리워지는 시대다.

미국 서부의 어느 행사에 참석했을 때 행사를 소개하는 팸플릿 뒷장에 작은 문구가 눈에 띄었던 기억이 있다. 그 문구는 "뒤에서 도와주신 모든 분들께 깊은 감사를 드린다"라는 단순한 것이었다. 그 속에 누구라고 구체적인 이름들이 언급되지는 않았지만 여러 사람이 소리 없이 '뒤에서' 도운 것만큼은 분명한 사실이었다. 행사를 주최하는 주최 측에서도 굳이 뒤에서 도운 사람들의 이름을 밝히지 않고, 뒤에서 남몰래 돕고도 이름이 나지 않았다고 섭섭해하지 않는 그런 성숙한 모습을 접하니 왠지 감동이 되었다.

우리는 '앞에서' 보이는 사람들을 더 알아주는 경향이 많다. 하지만 아무도 모르게 '뒤에서' 수고하는 사람들의 손길이야 말로 아름다운 손길이 아니겠는가? 오른손이 하는 일을 왼손이 모르도록 하는 것, 그것이 바로 '뒤에서'의 수고다.

우렁이 각시가 몰래 와서 밥상을 차리고 이것저것 치워놓고 나면 그 밥상을 본 신랑은 즐겁고 기쁜 마음으로 감사하게 먹어주면 된다. 그러면 각시는 맛있게 먹는 모습으로 보람을 느낄 뿐……. 만약 누가 차렸나 알아보려다간 각시는 다시 우렁이가 되어 돌아가버릴지도 모를 일이다.

어머니의 유머 감각

　어머니는 유머 감각이 뛰어나다는 말을 자주 들으시는 편이다. 우리 삼 남매가 보기에도 어머니의 유머 감각은 남다르다. 아니, 때로는 웬만한 개그맨 뺨친다고 해도 과언이 아니라고 할 수 있을 만큼 재미있으시다.

　유머 감각은 자기 자신을 너무 심각하게 받아들이지 않을 때 가능한 것이 아닐까 싶다. 지나치게 무게만 잡고 자기가 세상의 중심인 양 착각한다면 거기에는 웃을 수 있는 여유조차 찾기 힘들기 때문이다. 그런 의미에서 어머니는 평소에 자신의 존재를 가볍게 여기시는 분이다. 그러나 그것이 자신을 값없는 존재, 혹은 가벼운 존재로 생각한다는 것은 아니다. 오히려 그 반대다. 내 존재의 무게나 그 가치를 알면서도 자신을 가볍게 바라볼 수 있다면 그 사람은 유머를 즐기며 살기에 가장 이상적인 조건을 갖추고 있는 셈이라고 할 수 있다. 어머니가 그런 분이다.

부모가 자녀를 위해 유산으로 물려줄 수 있는 것들이 많지만 그중에서도 유머를 유산으로 줄 수 있다면 어떨까? 그 유머야말로 세상을 살아가는 데 가장 값진 유산임에 틀림이 없다. 유머 감각은 타고나기도 하지만 상황과 환경 속에서 만들어지기도 한다. 그리고 조금만 시간을 투자하고 연습한다면 비록 인기 TV프로그램에 등장하는 코미디언이나 개그맨 수준은 아닐지 몰라도 어느 정도 유머의 기술은 분명히 터득할 수 있을 것이다.

어머니는 이따금씩 학교나 교회, 혹은 택시협회 같은 공공기관에서 강연을 하실 때가 있는데 그런 자리에서도 엄마의 유머는 한몫하는 것으로 알려져 있다. 특히 택시 기사들이 수백 명, 수천 명씩 모여 교육을 받는 자리에서 영락없는 미국 여자가 유창한 우리말 솜씨로 "아저씨들, 총알택시 겁나서

못 타겠어요. 제발 천천히 좀 달려주세요"라고 한 마디만 던져도 그 자리는 웃음바다로 변한다.

유머는 무엇보다 상대의 마음을 열어주는 도구이자 통로다. 유머는 상대방의 마음을 무장해제시키는 가장 강력한 무기 중의 하나다. 아무리 마음을 꽁꽁 닫아두었던 사람도 강력한 유머 하나에 웃음폭탄을 터뜨리며 마음의 문을 열곤 한다. 유머를 제대로 활용할 수만 있다면 우리 주위에 있는 사람들에게 용기를 주거나 격려가 되는 순간들도 적지 않다.

한두 가지 재미난 유머를 준비하자. 인생을 즐겁게 살자. 나로 인해 주변 사람들도 즐겁게 살 수 있도록 만들자. 유머에는 인생을 즐겁게 만드는 신비한 힘이 숨어 있다.

그 엄마에 그 아들? 모전자전!

어머니는 열세 살 때 운전을 하고 싶어 매일 할아버지를 졸랐다고 한다. 미국에서는 대부분의 경우 열다섯 살이 되면 부모들이 미리 운전 연습을 시키거나 약간의 교육 과정을 통해 '조기 면허'를 발급받을 수 있다. 하지만 열다섯 살이 되려면 2년이나 남은 어머니는 하루가 멀다 하고 할아버지를 졸라 결국 할아버지가 운전을 조금씩 가르쳐주셨다고 한다.

그런데 어느 날 어머니는 호기심에 할아버지 몰래 차를 몰고 나갔다가 대형 사고를 치고 말았다. 좁고 위험한 비포장길을 달리다 결국 남의 집 담을 들이받은 것이다. 게다가 차는 길옆의 호수를 향해 미끄러졌
다. 조금만 더 미끄러졌다면 어머
니는 차와 함께 호수에 수장될 뻔
했다. 너무 놀란 어머니는 차를 팽
개치고 집에 와서 조용히 숨었다.
하지만 뒤늦게 그 사실을 알게 된
할아버지는 어머니를 크게 야단치
지 않고 잘 타일렀다고 하신다.

어머니는 두 아들 가운데 내가 어머니와 성격이 가장 많이
닮았는데 어린 시절 악동 기질까지도 어머니를 빼닮았다고
하신다. 나 역시 중학교 2학년 때 아버지 차를 몰고 장거리
운전을 나섰다. 물론 그 당시는 어머니의 운전 경력(?)에 대
해서 전혀 알지 못하고 있었다. 운전대 옆에서 조용히 운전을
익힌 나는 호기심에 아버지 차를 몰래 타고 나와 무면허 운전
에 도전했다. 나는 여러 차례 사고를 면하게 되었고 죽음의
골짜기를 드나들었지만 하나님은 신비하게도 나의 생명을 연
장시켜주셨다. 어머니가 할아버지에게 발각되었을 때처럼,
나도 결국 아버지한테 들켰고 아버지는 나를 너그럽게 용서

해주셨다.

 하지만 그때의 기억을 떠올리면 지금도 끔찍하기 짝이 없다. 교통사고라는 것이 자신의 생명뿐 아니라 타인의 생명도 위협할 수 있다는 사실을 당시에는 인식하지 못했던 것이다. 우리 아이들도 훗날에 혹시라도 할머니나 나의 기질을 고스란히 빼닮아 일찍부터 운전에 관심을 보이지 않을까 싶어 살짝 두려운 것도 사실이다.

 모자가 왜 그렇게 위험하기 짝이 없는 무모한 짓을 했는지 오랜 시간이 지난 지금도 쉽게 이해되지 않는다. 하지만 분명한 사실은 어머니와 나는 모험을 즐기는 스타일이라는 것이다. 해보지 않은 것, 도전적인 어떤 것, 거기에서 밀려오는 호기심 내지 일종의 '끌림'이 있기 때문이라고 할까? 작은 호기심과 끌림이 전혀 없다면 우리 모자는 늘 허전함과 공허함에 질식하고 말 것이다.

 사람들이 "그 어머니에 그 아들"이라고 이야기하면 나는 이야기한다. "모전자전"이라고. 나는 어머니의 아들인 것이 좋다.

엄마는 공사 중

이 세상에 완전한 사람은 없다. 제 아무리 성자일지라도 누구에게나 연약한 부분이 있기 때문이다. 내가 사랑하는 어머니도 결코 완전하지 않다는 것을 본인 스스로도 인정하실 분이라고 생각한다.

누구나 2퍼센트 부족한 것은 사실이다. 완전하거나 완벽한 사람이 어디 있겠는가. 그건 오히려 로봇이나 기계지 사람은 아니다. 아니, 사실 사람은 약간 부족한 맛, 2퍼센트 정도 부족한 맛이 있는 것이 정상일지도 모르겠다. 중요한 것은 자신이 2퍼센트 또는 3, 4, 5, 6퍼센트 부족하다는 사실을 아는 것이다.

지금까지의 글을 통해 혹시라도 내가 완전한 '어머니상'을 그렸다면 그것은 분명 내가 의도한 바는 아니다. 그것은 정확하지 않은 환상 속의 어머니일 뿐, 이 세상에 사는 인간으로서의 어머니는 아니기 때문이다.

때로는 어머니가 천사처럼 느껴지는 순간도 분명히 있는 것이 사실이지만, 동시에 어머니는 지극히 인간적인 모습을 지닌 분이기도 하다. 하지만 그 어느 누구보다도 어머니는 가장 먼저 당신의 부족함과 연약함을 인정하실 분임에 틀림이 없다. 완전하다면 어디 사람이겠는가.

내가 어머니로부터 상처받은 일은 거의 없지만 한 가지 기억에 남는 사건(?)이 있다면 일종의 화풀이로 우리를 '병신'이라고 부르신 일이다. 어쩌면 그 당시만 해도 어머니가 아는 우리말 단어가 지극히 제한적이었기 때문인지도 모르겠다.

물론 부모 밑에서 더 상스러운 욕을 들으며 자란 사람들도 많겠지만, 언제나 우리를 존중해주던 어머니로부터, 그것도 미국인 엄마로부터 '병신'이란 말을 듣는 것은 가슴 아픈 일이 아닐 수 없었다. 예민했던 탓이었는지 어린 나이에 들은 그 한마디 말은 나에게 적지 않은 충격이었다. 하지만 그것을 통해서 '말의 중요성'을 배울 수 있는 계기도 되었다. 더욱이 우리에게 가장 가까이 있는 사람들에게 우리가 전하는 말이나 메시지는 상당한 영향을 주기 마련이다.

특히, 아이들에게 부정적인 말을 한 마디 했다면 긍정적인 말 스무 마디를 해야 부정적인 말 한 마디로 생긴 영향을 없앨 수 있다고 한다. 그것도 사실 완전히 없앤다는 것은 불가능한 일이다. 어머니가 던진 말을 나도 지금까지 기억하고 있으니 말이다. 그만큼 부정적인 말의 영향을 무시할 수는 없다.

동시에 내가 깨닫게 된 사실 중에 하나는 어머니 역시 완전한 존재가 아니며, 어머니 역시 '공사 중'이었다는 것이다. 그렇다. '엄마는 공사 중'이었다. 어머니도 그 사실을 누구보다 먼저 시인하시겠지만, 어머니 역시 완전하지 않다는 것은 오히려 나에게 좋은 교훈이 되었다. 어머니는 오늘도 여전히 '공사 중'이시고 그것은 우리들 모두 마찬가지다. 무엇보다 중요한 것은 늘 '공사 중'이란 사실을 겸손하게 인정하는 삶의 자세가 아닐까 싶다.

우리는 어쩌면 늘 부족한 것이 사실이다. 물론 그렇다고 해서 보다 발전적인 삶을 위해 헌신하고 노력하지 않으면 안 된다. 오히려 부족한 부분들을 보완하기 위해 공부도 하고, 노력도 하고, 남의 도움을 받기도 하고, 기도할 필요도 있다.

그럼에도 불구하고 우리는 여전히 2퍼센트 부족하고 연약한 사람임을 기억하면 좋겠다. 그렇게 나에게 부족한 2퍼센트를 겸손히 받아들이는 것도 중요하지만 남들에게 부족해 보이는 부분까지도 용납할 줄 아는 넓은 관용과 마음의 여유까지 있다면 더할 나위 없을 것이다.

어릴 적 어머니가 던진 '병신'이란 말로 인한 충격은 이해로, 그리고 어린 나이의 작은 상처는 감사로 승화시킬 수 있게 된 것을 축복으로 생각할 뿐이다. 그보다 더 심한 상처와 아픔을 품은 채 이 땅을 살아온, 그리고 살아가고 있는 자녀들이 이 세상에 얼마나 많은가를 생각하면 그야말로 감사할 뿐이다. 더불어, 아직도 여전히 '공사 중'인 나로 인하여 본의 아니게 상처받았을지도 모를 내 주변의 모든 사람들에게 미리 용서를 구한다. 내가 '공사 중'인 내 어머니를 받아들였듯이 여러분들도 '공사 중'인 나의 허물을 너그럽게 받아주시길.

우리 엄마는 아무도 못 말려

　　우리 어머니는 그러고 보면 '못 말리는' 부분이 참 많다. 하지만 그것은 바로 어머니의 '못 말리는 사랑' 때문이라고 생각한다. 어머니의 그 못 말리는 사랑 때문에 오늘 내가 여기에 있고, 기쁘게 그리고 감사하게 오늘을 살아갈 수 있는 것이다. 사실 이 땅의 모든 엄마들의 사랑은 그야말로 못 말리는 사랑이다. 그만큼 엄마들의 못 말리는 사랑을 모두 표현할 방법도 없고, 이 세상의 모든 나무를 잘라 종이를 만든다 해도 그 이야기들을 담아내기에는 부족할 것이다.

　　내가 이 짧은 글을 통해 말하고 싶은 것은 결국 엄마의 변

치 않고 끊임없는 사랑을 노래하기 위해서라고 할 수 있다.
하지만 그와 동시에 이 땅의 모든 엄마들에게 감사와 박수를
보내고 싶은 이유에서이기도 하다.

칭찬받아 마땅한, 하지만 충분히 칭찬을 받지 못하는 이 땅
의 엄마들, 사랑받아 마땅한, 그러나 충분히 사랑을 받지 못
하는 이 땅의 엄마들, 존경받아 마땅한, 그러나 충분히 존경
을 받지 못하는 이 땅의 엄마들, 대접받아 마땅한, 그러나 충
분히 대접을 받지 못하는 이 땅의 엄마들, 섬김 받아 마땅한,
하지만 오히려 자신을 내어주시는 이 땅의 엄마들.

저들이야 말로 이 땅의 주인공이요, 못 말리는 사랑을 우리에게 기꺼이 선물해주는 아름다운 천사들의 모습이다. '엄마'는 하나님께서 자녀들에게 주시는 세상에서 가장 큰 선물이다. 모든 자녀들에게 천사를 하나씩 따로 붙여줄 수 없어서 하나님께서 대신 택하신 최선의 선택이 바로 '엄마'다. '엄마'는 하나님이 내게 보내주신 하나님의 천사다.

세상의 모든 엄마들에게 박수를!
세상의 모든 엄마들에게 감사를!

이 책은 세상 모든 엄마들에게, 그리고 단 한 사람의 '엄마'에게 보내는 감사의 고백이다.

더 이상 업어드리지 못할 때까지

어머니를, 그리고 아버지를 더 자주 업어드리지 못한 것이 늘 죄송스럽기만 합니다. 하지만 언제나 업어드리고 싶은 마음은 간절합니다. 몸으로 업어드리는 것도 중요하겠지만, 마음으로 업어드리고 싶습니다.

수천 번, 아니 수만 번 업어드릴지라도 두 분의 사랑에 대한 보답을 충분히 표현할 길이 없지만, 그렇게라도 업어드리고 싶습니다.

더 자주 업어드리지 못한 것이 죄송하기만 합니다.

더 자주 안아드리지 못한 것이 안타깝기만 합니다.

더 자주 안아드리지 못한 것이 부끄럽기만 합니다.

저에게 남겨진 시간이 얼마나 될지 모르겠지만, 앞으로 기회가 될 때마다 더 자주 안아드리고 업어드리고 싶습니다.

사랑의 말로 업어드리고 싶고, 따스한 미소와 눈길로 업어드리고 싶고, 삶으로 더 열심히 업어드리고 싶습니다.

더 이상 안아드릴 힘도 없고 업어드릴 힘이 없어 주저앉을 때까지 두 분을 안아드리고 싶고 업어드리고 싶습니다. 저를 지금까지 업어주시고 안아주신 두 분의 사랑을 힘입어 저는

오늘도 움직입니다. 그리고 그렇게 살겠습니다.

이젠 당신을 맡기세요. 오래 전 아버지를 업어드렸을 때, 그리고 어머니를 업어드렸을 때 저는 두 분의 무게 차이를 느낄 수 있었습니다. 당연히 체중이 더 나가는 아버지가 더 무거우실 것을 예상했건만 어머니가 더 무겁게 느껴졌던 기억이 납니다. 아버지는 제 등에 업히실 때 자신을 완전히 맡기셨습니다. 그러면 상대방의 체중을 덜 느끼게 되어 있습니다.

하지만 어머니는 제게 몸을 완전히 맡기지 않으셨습니다. 한복 차림으로 불편하신 것도 있으셨겠지요. 그리고 부끄러움을 많이 타는 어머니로서는 많은 사람들 앞에서 쑥스러우셨을 것이 틀림없습니다. 뿐만 아니라 갑작스러운 저의 제안에 긴장하고 어쩔 줄 몰라 하셔서 불편하셨을 수도 있습니다.

하지만 가장 큰 이유는 저에게 부담을 주시기 싫었던 것이었겠죠. 당신을 업어 내가 조금이라도 힘들까 싶어 어머니는 당신의 몸을 온전히 맡기지 못하고 뻣뻣한 자세로, 그리고 어색한 자세로 등에 업히셨겠죠.

아버지는 자신의 몸을 저의 등에 밀착시켜 당신을 온전히 맡기셨습니다. 결과적으로 체중이 더 나가는데도 불구하고 아버지는 가볍게 느껴지신 반면, 어머니는 미안한 마음에 자신을 내 등에 완전히 맡기지 못해 결국 아버지보다 더 무겁게 느껴지는 이상야릇한 현상이었다고 할까요?

어쨌거나 저는 그 경험을 통해서도 어머니의 못 말리는 세심한 배려와 사랑을 느끼지 않을 수 없었습니다. 물론 그렇다고 아버지가 저를 덜 사랑한다는 뜻은 아닙니다. 단지 표현하는 방식이 다를 뿐입니다.

어머니는 상대적으로 누구에게도 부담주기를 싫어하시는 분이십니다. 어쩌면 당신이 너무 무거울까 싶어, 상대방이 너무 힘들까 싶어, 당신을 남에게 온전히 맡기지 못하는 그런 분이십니다. 하지만 때로는 나를 맡기는 것도 괜찮습니다. 그것도 훈련이겠죠. 그것도 믿음이겠죠. 그러니 이제는 맡기세요. 그리고 부담 갖지 마세요. 그 정도 무게는 감당할 수 있습니다. 언제라도 좋습니다. 언제라도 좋으니 이제는 당신을 맡기십시오. 믿고 맡기셔도 됩니다.

어머니, 아버지 고맙습니다. 사랑합니다.
그리고 존경합니다.